『銀八先生』心の手紙

—小学生の花奈ちゃんから小泉総理まで—

福原 好喜

日本文学館

この書を、誠実に生き、若くして刀折れ矢尽きた友人、田中満君に捧ぐ

福原好喜

目次

第十章　父兄からの手紙

序にかえて――イッキはいかん！――

私は本書の初校ゲラを出版社に渡した後、私の町にある富浦セミナーハウスで、福原ゼミナールの合宿に入ることになっている。福原ゼミナールでは、年度始めに、以下のような「福原ゼミナール十訓」を全員に渡す。

福原ゼミナール　十訓

福原ゼミ生は以下の教えを胸に刻み、その実践を心掛けなければならない

一、理想を高く掲げ、日々の努力を怠らざること
一、人格の陶冶を心掛け、心身の鍛練に努めること
一、すべての生命を慈しみ、無用の殺生をなさざること
一、社会的貢献に努め、弱者の救済に役立つこと
一、質素を旨とし、浪費をなさざること
一、規則正しい生活を心掛け、早朝マラソンを欠かさざること

一、親の葬儀以外は授業をさぼらざること
一、隣に優しく、自らには厳しかるべきこと
一、自らの責務を回避せざること
一、酒を愛すも、深酒は慎むこと

福原　好喜

しかし週一回のゼミの授業で私の真意を学生達に伝えることは難しい。四泊五日の合宿が「福原ゼミナール十訓」を体得してもらう唯一の機会となる。午前、自己学習、午後、ヨットの訓練かテニス、夜、研究会という日課である。朝七時半（教員は六時半）起床、二キロの早朝マラソンで一日が始まる。私にとっては快適至極の合宿も、夜行性が日常となっている学生達にとってはキツイものとなる。早朝マラソンにも気が入らない。途中でマラソンを放棄してしまう学生も出る。しかし私は「走れ」とは言わない。大房岬の途中にあるセミナーハウスへの登り坂はきつい。ボストンマラソン心臓破りの丘など比ではない。私はある時、坂をユックリ歩いて帰って来る学生達に言った。「明日、漁港まで諸君は二往復だが、私は三往復することにする。ただし、私に抜かれた人は私と同じ三往復とする。」次の日の朝、学生達は相変わらずチンタラ走っていた。自分達は二キロ、相手は三キロ、負ける筈がない。私

は始めの二往復は幾分力をセーブして走った。三往復目学生達とすれ違ってから、エンジン全開、フルスピードで飛ばした。登り坂の最後のカーブを曲がった時、シンガリの学生数人がユックリした足どりで坂を登って行くのが見えた。私は大声で怒鳴った。

「長谷川、待てーぇっ」。

ギョッとした学生達は四つん這いにならんばかりにしてセミナーハウスの正門にかけ込んだ。

「走れ」と言うより「走るな！」と言う方がよほど効果がある。

私はヨットの上以外では、如何なることも、学生に命令したことはない。マラソンも勉強も強要はしない。ただ黙ってやって見せるだけである。教室では、マラソンも勉強も、そして「規則正しい生活」も、ましてお酒は、やって見せるわけにはゆかない。

学生が聞いて来た。「先生、深酒ってどの位のことですか?」私は答えた。「それは人による。私の故郷では普通、一升を大幅に超えなければ深酒とは言わない。」三年B組ならぬ福原ゼミナールの合宿では酒の飲み方まで教える。私は学生にコンパの前に言う。「百姓一揆はいいが、酒のイッキはいかん！」

二〇〇三年　七月十六日

第一章

小学生への手紙

(一) 花奈ちゃんへ

御手紙拝見。おじいちゃん、おばあちゃんの家まで六キロも歩いたんだって! 驚いたナァ。プールでひとりで八往復した時もビックリしたけど・・・。どうしておじさんのところに泊まってから、急にガンバリ屋さんになってしまったのカナ?

おじさんのとこのコスモス、見に来たいんだって? おじさん、おばさんは大歓迎だけど、お父さん、お母さんの許可をもらって下さい。コスモスの花盛りは十月中旬だからね。十月八、九、十日頃が良いと思います。古い家ですが、家の人も泊まれますから、そのことも相談してみて下さい。

おじさん、毎朝コスモス街道をジョギングするんだけど、それはそれはいい気分だよ。もし花奈ちゃんの足の調子が良ければ一緒に連れていってあげるよ。

花奈ちゃんが「二学期はがんばる」というのを聞いて、おじさんとおばさんは大変喜んでいます。急に花奈ちゃんのヤル気が出てきたのは、富浦で良く遊んだせいなのかな、と思っています。成績が上がったらごほうびあげるヨ。

作文読ませてもらったけど、文字も内容もしっかりしていて良かったよ。

《注意》

花奈ちゃんが畑でとったのは、おぐらではなくおくらです。（おぐらはアンコですぞ！）

秋に元気な顔を見るのを楽しみにしています。それではバァーイ。

福原のおじさんより

（二）美奈ちゃん、七恵ちゃん、美由樹ちゃんへ

暦の上ではもう秋だって言うんだけど、暑い日が続くね。富浦から帰って何をしてますか？　えっ、塾にピアノに習字だって？　それに水泳！　ナニ英語もだって!?　相変わらず忙しいね。知ってるかい、「忙しい」っていうのは「心」が「亡ぶ」って書くんだぜ。ウチに泊まったドイツ人の先生が、「日本の子供たち、そんなに勉強して幸せか？」って聞いてたけどキミたち幸せ？

今年の「田舎の夏休み」どうだった？　岩場で見た海の中、キレイだったろう。何、ウニがショッパかったって？　それはそうだよ。ウニってそういうものなんだ。誰か「生きがイイネ」って言ってたけど、おじさんのは「生きがイイ」のではなくて、「生きてる」って言うんだ。「生きがイイ」ってのは、「死んでる」ってことなんだぜ。

それにしても川へ釣りに行ったときみんながコロコロ滑っておかしかったね。美奈ちゃんなんか三度も転んで上から下まで濡れネズミ。七恵ちゃんも美由樹ちゃんも「もうコリゴリ、二度と来ない」って言ってたけど、おじさんはケッコウおもしろかったヨ。都会の子って、足ばかりでなく、足のウラも弱くなっているんだなあって感心したヨ。

あの時釣ったカニ、どうしたかって？　ウン、十三日がお盆だったんで、全部川に戻した

ヨ。

又、来いよ。じゃあね。バァーイ。

福原のおじさんより

（三）あかねちゃん、亜紀ちゃん、祥子ちゃんへ

その後お元気ですか？　家に帰って、また塾通《じゅくがよ》いが始まりましたネ。おじさんのところでは、十人の子供達がいなくなって、また静かな生活に戻りましたが、にぎやかさが消えて少し淋《さび》しいです。雨で雑草《ざっそう》がのびたので、今日はコスモス街道の草刈りをしようと思っています。持っていったコスモスの種は、おじさんの育てたコスモスの中から生まれた変り種（突《とつ》然変異《ぜんへんい》）です。店には売っていない貴重なものですので、大切に育てて下さい。（時期が遅れていますのでひんぱんに水をやって早く発芽《はつが》させて下さい）。

あかねちゃんも亜紀ちゃんも祥子ちゃんも、指輪《ゆびわ》に小さなダイヤモンドをちりばめたような木星の衛星《えいせい》を見て、目をきらきら輝かせていましたが、実は、コスモスというのは「宇宙」という意味なのです。宇宙の天体観測《かんそく》には、人間が作り出す光が障害《しょうがい》になるのですが、コスモスも夜、光があるところでは、花を咲かすことができません。

植物には、春、花をつける長日性《ちょうじつせい》植物と、日が短くなる秋に花を咲かす短日性《たんじつせい》植物とがあります。コスモスは短日性なので、街路灯の下などでは、秋が来たことが判断《はんだん》できなくて、花をつけることができません。ですから、コスモスの種は、庭の日中日当たりが良くて、夜暗くなる場所にまいて下さい。

十月十日前後が彼女（おじさんはコスモスは女性だと思っています。理由はいつか教えます）の花盛《はなざか》りです。畑やコスモス街道のコスモスが、いっせいに何十万という花をつけ、それはそれは見事《みごと》です。ぜひ見に来て下さい。お父さんとお母さんのお許しがあれば、泊まってもいいですヨ。その頃おじさんの果樹園《かじゅえん》では、柿《かき》や栗《くり》がうれて、収穫《しゅうかく》の秋を迎えます。柿もぎや栗拾いもさせてあげますよ。

それじゃあ元気でね。バァーイ。

福原のおじさんより

(四) コスモス街道より

香織ちゃんも香苗ちゃんも美佳ちゃんも、そして忠邦君も友也君も大輔君も、みーんな元気かい。今年の夏は暑かったネ。でもみんな、秋で富浦の夏休みのことなんか忘れてるかなー？　あの時耕耘機に乗って、道沿いに植えてあるコスモスを見たろう。あれがネ、おじさんのところで今満開なんだ。二・五キロもだゾー。おじさん夕方になると、コスモス街道ジョギングするんだけど、気分サイコーだョ！　コスモスの花言葉って知ってるカイ？

本によるとネ、「乙女の恋心」って言うんだ。おじさん男だからあんまりワカンナイけどネ。

みんなコスモス街道見に来ないかナー。エッ塾で忙しいって？　ザンネン。でも無理すんなヨ

ナー、先は長いんだ。マイ・ペースでいいんだヨ。マイ・ペースで。じゃあ元気でナ。

福原のおじさんより

（五）舞ちゃん、幸代ちゃんへ

舞ちゃん、幸代ちゃん、お変わりありませんか。「田舎の夏休み」が終わって、おじさんとおばさんは少しボーッとしています。子供達がいなくなって、広い農家もガランとしています。実は舞ちゃん達が川崎市から来ると知って、大変なつかしく思っていたのです。おじさんは学生時代、舞ちゃんの家の近くに下宿していたのです。大昔のことになるので、ずいぶんと変わってしまったのではないかと思うけど、舞ちゃんの家の近くの様子を聞きたいなぁと思っていました。

舞ちゃん、幸代ちゃん、「田舎の夏休み」はどんなでしたか？　二人とも無口でおとなしかったので、直接感想は聞けませんでしたけど、ザリガニを三匹も釣った時のキラキラした瞳は忘れません。海でオジサン、オジサンと大きな声で呼ぶので、オジサンは少し気恥ずかしかったです。女の子なのに、モノレールや耕耘機、パワーショベルがお気に入りのようでしたネ。また乗せてあげますよ。おじさんとおばさんは柿や栗やミカン、枇杷などを作っています。秋になったら二人で、柿もぎや栗ひろい、ミカン狩りにおいで。それではお父さんやお母さんの言うことをよく聞くんですよ。じゃあネ、バァーイ。

福原のおじさんより

（六）三千子ちゃん、律子ちゃんへ

海岸で水泳を教えたおじさんのこと覚えていますか？　平泳ぎって、浮こう浮こうとすると、かえって沈むんだよネ。三千子ちゃんも律子ちゃんも、練習で上下動が少なくなったので、だいぶ速く泳げるようになったと思うヨ。

お世話になった生稲おじさんのこと、ふたりが「オモシロイけどウソツキーッ」っていったのを聞いて、おじさんヒックリカエルほどビックリしたヨ。三千子ちゃんも律子ちゃんも『日本昔話』っていう本を読んだことあるでしょう。生稲おじさんはネ、町に残されている、いろいろな民話を集めている人で、「町の語部《かたりべ》」って言われている人なんだヨ。おじさんはネ、昔からあの人の話は「ウソのようなホントのような、ホントのようなウソのような」話だなぁって思っていたんだヨ。それが三千子ちゃんと律子ちゃんにあえば、一刀両断《いっとうりょうだん》、「ウソツキーッ」だものネ。オドロイタなあ。

おじさんは考えたんだヨ。「ホントのウソはバレない」、だから「バレないウソはホント」。生稲おじさんの話は「ホントのホント」か「ホントのウソ」か、どっちだろうって。エッ？「ホントのウソツキッ」だって？　ホントかなあ。先日生稲おじさんに聞いたら「ボクはウソはつきませんヨ」って笑ってましたヨ。

ところで三千子ちゃん、律子ちゃん、これなんて読むか知ってるかい。「コノカワウソノカワホントノカワウソノカワ」。エッ、スグ分かったって？　ホント？　ソレじゃまたネ。こたえは来年聞くヨ。元気でネ。バァーイ。

福原のおじさんより

（七）「田舎の夏休み」一〇年を振り返って

私の提案で始まったホームステイ・イン・富浦「田舎の夏休み」は、富浦町の夏の恒例行事になってしまった感がある。今年で十回になるという。全く同一の企画で、何の予算措置も伴わず、十年も続いている町の企画は、そう多くはないと思う。長続きの原因の一つは、何といっても企画課職員の裏方としての地道な尽力と、受け入れ家庭の損得抜きの、親身な面倒見にあるように思う。

この十年間、富浦を訪れた子供の数は、四百人近くになると思われるが、彼らにとって富浦は旅の途中で訪れた、通りすがりの町ではなく、忘れがたい「故郷」の一つとなっている。子供達におかず一品を余計につける以外は、特別扱いをしない、等身大の富浦を体験してもらうという地味な企画ではあるが、「田舎の夏休み」に根強い人気があるのは、この企画が、すでに都会の家庭や学校では失われてしまった「何か」を与え続けてきたからだと思う。

都会の子供達は、塾や予備校、クラブや習い事と、仲間と遊ぶ時間が極端に少ない。「都会の子供は疲れている」と言う。一体何が子供達をそんなにガンジガラメにしてしまったのだろう。都会の子供達を預かってつくづく思うのは、ゼンソクやアレルギーのために、恒常的に薬を服用している子供の多さである。都会の子供達は、まるで大人のように、精神的にも肉体的にも疲れ、「病んでいる」としか思えない。一町村の小さな企画ではあるが、「田舎の夏休み」は疲れた都会の子供達に、ユッタリとした自然の生活の中で、子供本来の元気を与え続けてきたのだと思う。そう思って、受け入れ家庭の方も元気を出そう。

福原　好喜

（第一章　小学生への手紙（一）～（七）は文芸社刊、福原好喜著『総理に忠告す―日本経済危機水域に入れり―』第四章を転載したものである。）

（八）安佳里ちゃんからの手紙

福原のおじちゃん、おばちゃんへ

おじちゃん、おばちゃん元気ですか？「田舎の夏休み」すごく楽しかったよ。

四泊五日が楽しすぎて、とっても短く感じたよ。みつわ台も、便利でいいなぁと思うけれど、富浦も自然がたくさんあっていいなぁって思った！いつでも流しそうめんできるし…♡　家出したら、おじちゃん、おばちゃんのところに行くから、その時はヨロシクね♡

おうちでおじちゃんの写真を見た時、Tシャツと短パンじゃなくて、背広を着ていてびっくりしたよ。おじちゃんはいつも面白いギャグいっぱい言ってたから、背広だとなんかイメージとちがっちゃうね。おじちゃんには、Tシャツと短パンの方が似合ってると思うよ。（ごめんね）。

おばちゃん、毎日のご飯、とってもおいしかったよ♡

くらげにさされて水ぶくれができた時、いろいろ手当てしてくれてありがとう。今は、もういたくなくなったよ。

おじちゃん、今度は、コスモス街道が満開の時コスモス見に行くから、その時又朝一緒に走ろうね。

あと、カニつりを教えてほしいな・・・。川に行った時、おじちゃんが持ち上げた石にはカニがいるのに、私がひっくり返した石には一匹もいなくて、くやしかった・・・。だから、教えてもらったら、絶対カニつかまえてみせるね！

それから夏みかんたくさんありがとう。帰ってから、明子ちゃんと、おばちゃんに教えてもらったのを思い出して、「さとうづけ」を作ったらおいしくできたよ。

お姉ちゃんにお手紙とコアラ届けたよ。コアラにはおじちゃんの名前つけたよ。お姉ちゃん、コアラをＹｏｓｈｉ、Ｙｏｓｈｉって呼んで、かわいがってるよ。

それじゃあおじちゃん、おばちゃん、また遊びに行くから元気でね。ありがとう。

千葉市立みつわ台北小学校　六年　野口安佳里

（九）安佳里ちゃんへ

お手紙拝見。「田舎の夏休み」、気に入ってくれて有難う。「家出したら、おじちゃん、おばちゃんのところに行く」って聞いて、おじちゃんおばちゃん少しドキーッとしています。安佳里ちゃん、お利口さんだから、そんなことないと思うけど、でも安佳里ちゃんが生きてて本当に困ったことがあったら、何時でも相談に来ていいですヨ。でも必ず、お父さん、お母さんに「おじちゃん、おばちゃんのところへ行く」って言ってから来るんですヨ。

今年のコスモス街道はね、名古屋の千種台《ちくさだい》中学の生徒さんが種をまいていったものです。おじさんのコスモス街道、今年で十六年目だけど、花を育てるってホントに気持ちがいいね。十月中旬が彼女の花盛りだからね。土、日にかけて家の人と一緒に見に来るといいヨ。

オーストラリアから「連れて来た」コアラ、菜津ちゃんがかわいがっているって聞いて嬉しいです。お姉ちゃん今年受験生だものネ。勉強の合い間に、コアラと遊んで気分転換してくれたら嬉しいネ。

カニ獲りに行く時、おじさんの仕掛け貸してやるよ。おじさんショーバイだから、一時間でバケツ半分位つかまえるけど、安佳里ちゃんは二匹で合格です。じゃあネ。アンマリ家出のことは考えんなヨ。

バァーイ。

福原のおじさんより

（一〇）明子ちゃんからの手紙

福原のおじさん、おばさんへ

おじさん、おばさん、元気？

『田舎の夏休み』とっても楽しかったよ!!

小学校最後の夏休みに、クルージングしたり、花火したり、星みたり、バーベキューしたりと、最高に楽しい思い出ができたよ！　それに、モノレールや耕耘機に乗れてとても面白かったよ!!

夜、ホタルを見に行った時は、本当にこわかったね!!　あんなに暗くて遠いとは思ってなかったから…。でも本物のホタルを見たのは久しぶりだったので、本当に感げきしたよ。

ホタルの光って、いつも少しさみしげだね。

おばさん、毎日おいしいご飯作ってくれてありがとう!!

みんなでした夕食後のおしゃべりも楽しかったね！　いつもあんな家族だったらいいね。

おじさん、おばさん、『田舎の夏休み』本当に楽しかったよ!!　コスモス街道が満開になったら見に行きたいな！

これからも、体に気をつけてね!!

ＰＳ：オーストラリアのバッジ、ありがとう！

千葉市立みつわ台北小学校　六年　子安明子

（一一）明子ちゃんへ

みんなは暗いあぜ道こわがっていたけど、「田舎の夏休み」で、ホタル見学ができて良かったネ。

明子ちゃん、ホタルはネ、オスとメスの交信を光を利用してやるので、光のない暗いところでないと生きてゆけないんだ。街路灯の近くでは、お互い恋の相手が確認《かくにん》できなくて、ランデブーが成功しないいんだヨ。おじさんはね、彼らの季節になると、街路灯にズボンを切ってカバーを掛けてしまうんだ。だからおじさんの田んぼは暗いんだヨ。

彼らはまた、農家の使う農薬が大変苦手なんだ。農薬をまかれると、水の中の幼虫は生きてゆけないいし、食料のかわにななも全滅してしまうからね。人間はホタルが好きだけど、きっとホタルは人間がキライだね。

おじさんはネ、ホタルのために、田んぼの回《まわ》りの灯りを消して、農薬をまかないようにしているんだ。明子ちゃん、あの山の中の田んぼにはね、多分、おじさんの家が百姓を始めてから何百年って、平家ボタルがすみついているんだ。おじさん百姓だけど、平家が好きだからネ、おじさんの代に「平家」を亡ぼす訳にはゆかない、と思っているんだヨ。

ナニ、秋にコスモス見に来たいんだって。イイヨ。お姉ちゃんやお母さんも連れて来いヨ。

おじさんとこではネ、秋には柿もぎや栗ひろいができるヨ。お勉強だけでなく、「田舎の夏休み」の時のように、家の手伝いもするんですヨ。じゃあ元気でね。バァーイ。

福原のおじさんより

第二章　中学生のA子ちゃんへ

A子ちゃんへ

山々の若葉のたいへん美しい季節になりました。お変わりなくお過ごしでしょうか。私の方は相変わらず、農作業の合間に、保険推進員やカーボランティアの仕事が入ったりという生活です。

実はお母さんから、A子ちゃんがこの四月から学校にいけなくなってしまったと聞いて、とても心配しています。昨年、中学に入ってからウチに来なくなってしまったので、A子ちゃんこの頃どうしているかなと気にしていたのです。A子ちゃんの性格は、小さいときから良く知っていますが、きっと中学に入って急に勉強や、部活や、塾通いの忙しい生活が始まり、A子ちゃんはきちょう面で真面目な性格なので、疲れてしまったのだと思います。

ウチの子供達の担任だったシーヴァス先生がドイツから泊まりに来た時、夏休みに子供が三人とも毎日学校に行くのを見て、「日本の子供達はしあわせか?」と尋ねたのを覚えています。外国人から見ると日本の子供達の忙しい日常が不思議に見えたのだと思います。

大人だって休みなしで働かされたら、たとえ好きな仕事だって、疲れていやになってしまいますものね。

A子ちゃん、お母さんは「A子は学校に行きたくないのではなくて、担任の先生が迎えにきてくれても行けない」と言っていました。そうですよね。学校に行きたいと、一番思っているのはあなた自身ですものね。Ａ子ちゃん、おばさんは今は少し羽根を休める時期だと思っています。鳥だって飛ぶのに疲れたときは、枝にとまって羽根を休めていますものね。

おばさんのところには時々、大学の学生相談室に来る学生さんたちが、星やコスモスを見に泊まりに来ます。大学生になっても学校に行けなくなってしまう学生さんもいるのです。でも、田舎で、夏、シートを広げた庭に仰向けになって、流れ星を探したり、秋のコスモスを見たり、竹林で好きなハーモニカを吹いたりしている間に、みんな徐々に元気になって帰っていきます。

Ａ子ちゃん、また小学生のときのようにお母さんと一緒に遊びにおいで。いつでも待っていますよ。おばさんは、夏来る学生さんたちの目を楽しませようと思って、小さな花壇作りをしています。今、芽の出たアスターの苗を移植しているところです。他に矢車草や花手まり、スノーポールの苗が育っています。もし、Ａ子ちゃんに時間があったら、お花を育てるお手伝いがしてもらえたらとても嬉しいです。

話は違いますが、先日新聞で愉快な小学生の詩を見かけましたのでお伝えします。

台風

台風が来るとぼう風けいほう

がでる
ぼう風けいほうがでると、学校
が休みになる
わたしは、どっちかと言えば
台風はすきなほうだ

おばさんもどっちかというと台風は好きな方でした。それではお会いするのを楽しみにしています。

福原のおばさんより

（一九九八年　六月『広報とみうら』）

第三章

福原のおじさんへ

―中学生からの手紙―

（一）カツオのおいしい季節となりました

福原のおじさんへ

かつおのおいしい季節となりましたがお元気ですか？

先日はおせわになりました。

あの時採ったたけのこは肉じゃがの中に入れて、ネオ夏みかんはジャムにしてたべました。とてもおいしかったです。

福原さんのことは、訪ねる前に「変で恐い人」ときいていたので少し緊張していました。ですが、実際に会ってみると、いかにもきさくな農家の人で、恐い教授のようには見えませんでした。そしてあたたかくておもしろかったので安心しました。でも少し不思議な雰囲気がしました。

私の町ではあまり農家に触れる機会がないので、見る風景、におい、体験、すべてが私にとって新しいものばかりでした。だからとても強く印象に残りました。足が土でべたべたになったことさえいい思い出です。

あんな体験はもう二度とできないかもしれません。あれは一生忘れません！

本当に楽しかったです。本当に本当にありがとうございました。
これからも元気に農業を続けてください！

平成一五年五月一五日
千種台中学校三年
飛田　あづさ

(二) 楽しかったモノレール

福原さん、奥さん、社長さんへ

その後いかがお過ごしですか。こちらは修学旅行のつかれもとれて、もとの学校生活が再開しました。富浦の野外レクリエーションは今でも昨日のことのように頭にしっかり残っています。

福原農園ははじめ定員オーバーで、レポートまで書いてやっと行けることになったので、ずっと楽しみにしていました。原先生の話によると「福原さんはとにかくおもしろい人だ」と聞いていたので、ぜひ会いたいと思っていました。

当日着いていきなりマラソンでびっくりしました。こんなんでやっていけるのか?とびくびくしていました。でも農作業はそんなに大変なものではありませんでした。ネオ夏みかんは思ったよりずっと簡単にとれて、調子に乗ってついついとりすぎちゃいました。その場で皮をむいてもらって食べさせていただきました。言葉にならないほどおいしかったです。たけのこは力仕事だったので(私にとっては)なかなか掘れませんでした。困っている私を社長さんが助けてくれました。人の優しさに感動しました。

あっ、でも一番楽しかったのはやっぱりモノレールです!!　坂がとても急で直角に上がってるみたいで緊張で声も出なくて、ただただしっかり手すりを握っていました。緊張しすぎて足がふるえてしまいました。下るときは上りとまたちがう恐怖感がありました。真下に進んでいくみたいで…、でも上りよりは緊張も解けてスリルを楽しみました。もう一回乗ってみたいです。↑本当です。

最後にコスモスの種をまきました。花が咲くときをとても楽しみにしています。

なんか楽しかったのでお礼状ではなく日記みたいになってしまいました。すみません。こんなに楽しい思い出ができたのも福原さんや奥さんや社長さんのおかげです。本当にありがとうございました!!!!　また機会があったら行きたいです。

いつまでもお元気で、また会える日を楽しみにしています。

五月一五日

名古屋市立千種台中学校

三年A組一〇番

徐　悦

(三) いつもどおりの生活にもどって

福原さんへ

お元気ですか? 私たちは修学旅行から帰って、また学校の授業を受ける日々が始まりました。疲れもとれ、いつもどおりに生活しています。授業が始まった頃は、富浦町で過ごしたときの事や、修学旅行の事を思い出して集中できませんでした。富浦町での二日間はすごくはやい時間で流れていきました。福原さんのことは原先生から聞いていて、とても会うのが楽しみでした。実際に会ってみて原先生と感じが似ているなぁと思いました。しっかりしていて学校の先生をやっているのもわかる気がしました。竹のこ掘りでは初めやり方を見ていたけれど、思うようにくわがうごかずたいへんでした。福原さんの手つきを見て、すごく軽々とやっているのに、実際にはそうカンタンにはうごかず、福原さんを尊敬しました。途中で飲んだ生ジュースとてもおいしかったです。いつも飲むジュースよりさっぱりした味で、また飲みたいと思いました。

ネオ夏みかん狩りでは、上まで乗り物に乗っていけておもしろかったです。ミカンをあんなふうにとるのも初めてで楽しかったです。家で食べたミカンはとってもおいしかったです。

家族もおいしいと言っていました。

コスモス街道では、タネをまけてよかったと思っています。できれば見に行きたいです。

五月九日は本当にお世話になりました。ありがとうございました。

平成一五年五月一五日
名古屋市立千種台中学校三年
高木　麻奈美

（四）お元気になさってますか？

福原農園の福原さん、奥様、社長様へ

こんにちは!!

あれから一週間が過ぎました。お元気になさってますか？

私は福原農園に行って本当によかったです。作っている人の愛があふれていました!!

ちゃんと手入れしてあって、ゴミ一つ落ちてないんですもん。

福原さんは「遊び」とおっしゃっていましたが、やはり努力ですよ!! じゃなかったらあの広い土地はあんなにもきれいにならないと思うし、作物もできないと思います。

訪問の後、家でたけのこと夏みかんを食べました。

すっごいおいしかったです!!

私すっぱいものが食べられなかったんですけど、福原さんの所のネオ夏ミカンは食べられました。なんだか、甘くて、苦くて、すっぱかったんですけどおいしかったです。

今年私たちは受験なので秋にそちらに行くことはできませんが、もしかしたら夏、夏休みを使って行けるかもしれません。
そのときはまたよろしくお願いします。

早く「千種台中コスモス街道」のコスモスが咲いた所を見てみたいです。
今からすっごい楽しみです。
あんなにすばらしいことをさせて下さってありがとうございました。
これからもよい農園を作っていってください。それでは。

千種台中学校
三E　佐橋　恵ヨリ

（五）コスモスロードを思い描いて

福原様へ

お元気ですか？こちらではもとの学校生活が再開し、私は勉強にはげんでいます。五月九日の「野外レクリエーション」ではお世話になりました。「ネオ夏みかん狩り」も「たけのこ掘り」もとても楽しかったです。たけのこは早くも夕食に出ました。とてもおいしかったです。

印象に残ったものとしてはやはりあの「モノレール」が大きかったと思います。私はああいう乗り物が大好きなので乗れてとてもうれしかったです。

気になるのが最後に行った「コスモス街道の種まき」です。私は種をまく距離がけっこう長かったのでちゃんと咲くかなと少し不安になりながらも一生懸命まきました。

種をまいたからには咲いている姿も見たいのですが見に行けるでしょうか・・・。でも一目はぜったいみたいです。私はいつもきれいにコスモス色に染まる「千種台中コスモスロード」を頭の中に思い浮かばせています。

咲く日がとても待ちどおしいです。

本当に楽しいレクリエーションをありがとうございました。
ではお元気で。

平成一五年五月一五日
名古屋市立千種台中学校三年
岩井　典子

（六）ふと貴殿のことを・・・

福原　好喜様

その後いかがお過ごしですか？　ぼくは修学旅行の疲れもとれて、もとの学校生活が再開しましたが、ふと貴殿のことを思い出しました。今にして考えれば福原さんとすごした時間がこの修学旅行で唯一楽しかった時間です。

たけのことネオ夏みかんはおいしくいただきました。

本当にありがとうございました。長谷川社長にもよろしくお伝えください。

今、学校の図書館に原先生の御厚意により置かれている『総理に忠告す』を読んでおります。読み終えたらまたお手紙をだします。

お体に気をつけて元気にお過ごしください。

平成一五年五月一六日

名古屋市立千種台中学校三年

遠藤　創史

（七）筍を直火で焼いて

福原先生と奥様

先日は本当にありがとうございました。先生のところで農作業をさせていただいて、今は亡き祖父と畑を歩いていた時のことを思い出しました。

持ち帰らせていただいたネオ夏みかんとたけのこ、とても美味しかったです。たけのこの方は持ち帰ったその日に家族で全部食べてしまいました。もちろん教えていただいた通りに皮の着いたまま直火で焼いて。教えてくださったのは先生だったでしょうか。それとも社長さんでしたっけ？　それとネオ夏みかんの方は次の日に祖母にむいてもらいました。祖母曰く「すごくみずみずしい」みかんだったそうです。

事前にお渡ししたレポートなのですが、あんなに字が小さくてこきたないレポートで大変申し訳けありませんでした。それなのに隅々まで読んでくださってありがとうございます。先生が「よく的を射ている」と言ってくださった時はとてもうれしかったです。

今回の体験学習についてのレポートは後ほど個人的に送らせていただきます。

ほんの半日足らずでしたが実家の農作業とはまた一味違った体験をさせていただいて、本当に感謝しています。ありがとうございました。できればまた別の時期に伺えたらなぁ、と思っています。

それではお元気で。

平成一五年五月一五日

名古屋市立千種台中学校三年

久保　悦子

（八）一緒に育とう乙女の恋心

福原さんへ

福原さんお元気ですか？

先日はとっても貴重な体験をさせていただいてありがとうございました。そしていいお話も聞かせていただけてすごく印象に残っています。

福原さんのお話の中に「足が速い」のも「足が遅い」のもそれぞれの個性だという話がありました。そのときはわたしも納得したつもりになっていました。しかしよく考えるとそれを素直に受け止めていない自分に気づきました。「足が遅い」ということを個性と自信を持って言うのには少し抵抗があります。それは人と自分を比較したときに、何事も悪いよりは優れている方がよいという考え方が心の底にあったからだと思います。

今小学校などで順位をつけないことが増えているみたいですが、これは「かけっこ」なら「足が遅い」ということを隠しているような気がするのです。このようなことがそれを「個性」として、受け止められないような状況を作っている原因の一つでもあるのでは・・・と思いました。

一生懸命やったけど挫折をしてしまう、そんな経験をする場を減らすのではなく、挫折してもそれを受け止めてくれる福原さんのような「ウォームハート」の持ち主が増えればいいのにと思います。

そして福原さんの「育てようコスモス　育てよう乙女の恋心」という言葉の最後には、ぜひ「一緒に育とう乙女の恋心」をつけたしておいてください（笑）。私たちの蒔いたコスモスの種から秋になって花が咲くのをとても楽しみにしています。

それでは福原さんの育てた「ウォームハート」と「乙女の恋心」をよりたくさんの人が感じることができますように・・・。

二〇〇三・〇五・一五　　三A

名古屋市立千種台中学校

山本　ゆかり

（九）千種台中学校の皆さんへ

お手紙拝見しました。修学旅行が無事終わって、また以前の中学生の生活に戻ったわけですね。おじさんは、皆さんが富浦の生活を楽しんでくれたことを大変嬉しく思っています。このところの雨で皆さんのまいていったコスモスの種がようやく芽を出しました。かわいい双葉です。おじさんは地元で「花咲か爺」のあだ名があります。肥料をやって「千種台中コスモスロード」を立派に育てます。コスモスの花盛りを見に来たいという人もおられますが、その人は我が家に泊まってもいいですヨ。十月中旬が彼女の花盛りです。まるで振り袖姿の女性が何キロも並んだようにきれいです。来られない人にはその頃、写真をメールで送ります。おじさんの合言葉は「コスモスの花言葉は乙女の恋心、育てようコスモス、育てよう乙女の恋心」でしたが、ゆかりさんの「一緒に育とう乙女の恋心」には笑ってしまいました。でも、育つ側の乙女としては「こうなる」と納得しました。育てる側のおじさんは、こちらの方もすこやかに育ちますように！祈っています。

あの時、「足の速いのも個性なら、足の遅いのも個性です」という私の話に何人かの人はチョットけげんな顔をされましたね。百姓をやっていてつくづく思うのは、促成栽培ではないのだから、何でもかんでも速く育てば良いということではないということです。「秋づまり」

という大根は秋の終わりになってやっと実りますが、立派な大根です。短期間で育つ「二十日大根」よりはるかに大物です。日本で一番美味しい「コシヒカリ」は晩生《おくて》（成熟の遅い稲）ですが、早稲《わせ》の「早ひかり」より美味で優れものです。私は常々学生に「早ひかりの早稲田ではなくて、コシヒカリの駒沢でいこう」って言っています。私は人間も、植物と同じく、結局マイペースでいいんだと思っています。部活も勉強も、みんなMY PACEでやろう！ 神様がくれた自分の人生だもんネ。

二〇〇三年　五月二六日

福原のおじさんより

第四章

受験生K君への手紙

Ｋ君、お元気ですか。高校に入学されたのはつい先頃のように思っていたのですが、もう受験生なのですね。お父さんから、大学の様子をＫが知りたがっているので、何かアドヴァイスをして欲しいと依頼を受けました。実は私も大学全般のことに詳しいわけではありませんので、特殊な例かもしれませんが、私の勤務している大学の経済学部の最近の動きをお伝えしようと思います。駒澤大学自体はたいへん伝統のある古い大学なのですが、経済学部は戦後の学制改革によって出来た比較的新しい学部です。昭和二四年に設置されましたので、今年が五二周年になります。長い間昼間部と共に夜間部を併設し、社会人教育にも力を入れてきましたが、最近フレックス制を取り入れ、両者の相互乗り入れを可能に致しました。今では両者の垣根が低くなって、自分のライフスタイルに合わせて自由な受講科目の選択が可能です。また、開かれた大学を目指して社会人教授の採用も積極的です。

実はＫ君、駒大経済学部は一昨年、創立五〇周年を迎えるにあたって、以下のような「ウォーム・ハート宣言」を起草、採択しました。

一、駒大経済学部は冷静な頭脳と温かな心を持った若者を育てます。

一、駒大経済学部は冷静な判断力と他者への愛情を持った若者を育てます。

一、駒大経済学部は社会の矛盾に目を閉じることなく、常に社会的弱者への思いやりの心を持った若者を育てます。

一、駒大経済学部は人間の理性に信を置き、とりわけ、すべての生命に畏敬の念と慈しみの心を持った若者を育てます。

一、駒大経済学部は経済学を通して、頭脳と心・知性と精神の全人教育を目指します。

おそらくK君は、何故経済学部が「ウォーム・ハート」なの?といぶかしくお思いになるかもしれません。それにお答えするのは別の機会に譲りますが、実はK君、昨年、経済学部のゼミナールは合同でバザーを開き、タンザニア、キリマンジェロ県、テマ村、テマ小学校に教科書を寄贈しました。「心の教育」は机の上だけでは出来ないと考えているからです。K君、経済の原義は実は「経国済民」(国を経め民を済う)なのだそうです。(経というのは縦糸のことで真っ直ぐに治めることの意)。これもまた後ほど手紙に書きますが、現在の日本経済の混乱は目を覆うばかりです。政府の対応も、ブレーキを踏んだかと思うとアクセルを踏み、アクセルを踏んだかと思うと急ブレーキをかけるといった迷走状態です。私は学生にも常々言っているのですが、日本近代史の中で、今ほど経済の勉強が必要な時はないと考えています。K君。就職のためなどというミミッチィ考えではなく、経国済民の原点に立って経済学部に進学してください。Warm Heartの精神は経済学の原点なのです。K君の入試には間に合いませんが、今駒大経済学部はウォーム・ハート入試（善行者優先入学制度）次年度導入を目指して検討中です。Warm Heart & Cool Headが駒大経済のキーワードなのです。K君、健闘を祈ります。

二〇〇一年　六月二二日

福原　好喜

第五章

友への賀状

（一）向井去来—世の理屈を謂ふべからず—

謹賀新年

昨年組合の委員長を辞し、ワイフの慰労も兼ね、洛西の落柿舎を訪ねました。柿落葉舞う小春日和でした。入口に「落柿舎御制札俳諧奉行向井去来」とあり、

一、我が家の俳諧に遊ぶべし。世の理屈を謂ふべからず。

一、雑魚寝には心得あるべし。大鼾をかくべからず。

・・・・・

と書かれてありました。二人で日当たりの良い縁側に腰掛けている間に、すっかり愉快な気分になり、私も拙い俳諧に遊ばせてもらいました。

君あれば　共に雑魚寝の　濁り酒

蓑傘の　ありて主なし　柿の庵

北嵯峨の　主は不在　柿落葉

雑魚ばかり　集まっている　柿の宿

ダボハゼに　鯛が寝方を　聞く夜かな

鰯寝て　鯛は起きてる　柿の宿

去来には、

君が手も　まじるなるべし　花芒

稲妻の　かきまぜて行く　闇夜かな

などの句があります。慌しい現代人の生活を見るにつけ、先人の精神のゆとりを羨ましく思いました。彼の墓を詣で、その小ささに呆れました。

そちはまあ　小さくなりぬ　秋の凪

ご健勝をお祈り申し上げます。

一九九六年　元旦

(二) ロボット与作

新春のお慶びを申し上げます。

大学が冬期休暇に入って房州の自然の中へ帰っております。農業の衰退が進む中で、昔百姓の冬仕事であった山林作業をする人は、わが町では皆無となってしまいました。森林の荒廃による昆虫や小動物の絶滅を心配する人は見かけますが、円高で絶滅する林業農家のことを気に掛ける人は見当たりません。

昨年導入した枝打ちロボット四三九（与作）はすでに二千本の枝打ちを終え、今年は私の技術も幾分向上しましたので、新たに三千本の作業を予定しています。房州の冬は晴天続きで、山仕事には「もってこい」なのですが、寄る年波、長期になるとやはり骨身にこたえます。

枝打ちの　仕上げ見に来る　上鶲《じょうびたき》

時雨《しぐる》れれば　書を読む楽しみ　山下る

「日待ち」といって雨は農家の安息日なのです。

新春に当たりご家族の皆様のご健康をお祈り申し上げます。

一九九七年　元旦

(三) 不況和音と破綻調

昨年の旋律は「不況和音に破綻調」と言われましたが、そんな中で、子供達の詩には、心の琴線に響くものがありました。

―母さん―
母さんはおけしょうのあといつもぼくに聞く
「きれい?」
ぼくは決まってこうこたえる
「ウン　きれい」
でもホントはふつう
(小学校二年生の男の子)

―父さん―
父さんだっていい奴じゃあないか
(好きな俳優の名ばかり語る母親に、六歳の女の子)

―雲―

そうか、こんなところでくもを

つくっていたのか

（大工場のエントツを見て、四歳の女の子）

―指―

お茶入れた　憎たらしいから

指入れた

（セクハラ上司へ、二十四歳のＯＬ）

私はこの頃、年を取るのが目出度いのかどうか、分からなくなりました。世相は暗くとも、心豊かに生きたいものと思います。

一九九八年　新春

（四）「知識より見識」

謹賀新年

昨年ワイフと二人で札幌の郊外にある新渡戸稲造の遠友夜学校跡を訪ねました。貧しい家庭の子供のために、この夜学校の先生は、無給、生徒の授業料は無料でした。彼が揮ごうした額にWith malice toward none, With charity for all.とありました。リンカーンの言葉とのことです。クラークが札幌農学校を去る時に「少年よ、大志を抱け」と言ったという話はあまりにも有名ですが、彼は少年達に社会的栄達を勧めた訳ではありませんでした。彼の意図は、諸君、人間は人間として当然なすべきことがある。それをなすにあたってもっと意欲を持ち給え、と諭したのでした。クラークは自己愛の立身出世主義者を育てようなどとは、ごうも考えておりませんでした。新渡戸は遠友夜学校で師の教えを忠実に実践しようとしたのでした。そこでの教育理念は「学問より実行」、「知識より見識」、「人材より人物」で、それは、「学問だけの学者」、「知識だけの教育」、「技術のみの人間」の対極を目指すものでした。

政、財、官の上層部の昨今の不祥事を見る時、それは戦後教育の必然的帰結であるように思えるのです。これらの自己愛の人々のリードによって、日本はこの難局を乗り切れるでしょうか。

一九九九年　元旦

（五）人は貧しくとも

謹賀新年

昨年、私の勤務している駒澤大学経済学部は、創立五〇周年を迎えました。何人かの先生方とWarm Heart & Cool Headの理念の下で記念行事を行いました。今、三回行ったウォーム・ハートバザーの売上金で、地元世田谷区に「少年少女ウォーム・ハート賞」（世田谷「よい子ら賞」）を作ろうと考慮中です。

人は貧しくとも不幸にならない、心貧しきことが人を不幸にする。そう私は考えます。子供達の中に、社会に役立とうとする意思と他者、とりわけ社会的弱者に対する思いやりの心を育てることが、二十一世紀、日本を住みよい社会にすることにつながると考えているのですが・・・。ご多幸を祈ります。

二〇〇〇年　新春

(六) Warm Heart & Cool Head

昨年、私の勤務する駒澤大学経済学部は、世田谷区教育委員会と組んで、世田谷少年少女ウォーム・ハート賞（世田谷「よい子ら賞」）を設置致しました。現在地元商店街連合会の協力を得て、二回目を募集中です。創立五〇周年を記念しての経済学部の教育理念は Warm Heart & Cool Head です。

十二月十三日、経済学部の四ゼミは連合でウォーム・ハートバザーを行い、売上げ金六万三千円を、タンザニア、キリマンジェロ県、テマ村、テマ小学校に教科書購入費として贈りました。多くの学生がボランティアとして参加しました。大学変革は自己改革からというのが私の考えです。経済学部は教員、学生含めて第二半世紀の小さな第一歩を昨年踏み出しました。御多幸をお祈り申し上げます。

二〇〇一年　元旦

(七) 稚児の言

新春を迎え如何お過ごしでしょうか。私は昨年ブリティッシュ・コロンビア大学に滞在、本年はクィーンズランド大学に留学予定です。外地にいてしきりに日本のことを思います。デフレスパイラルと資産デフレとによって、日本経済は戦後最大の難局を迎えます。私は九七年、橋本総理に「アメリカ経済が減速局面を迎え、日本経済がマイナス軌道を辿り始めれば、世界大恐慌の勃発すら現実性を帯びてくる」と警告を発しました。(『総理に忠告す　―日本経済危機水域に入れり―』)世界史は私が最も望まないシナリオを辿りつつあります。現内閣は「構造改革」、「不良債権の処理」、「ペイオフ解禁」と稚児の言を弄するのみで、世界史に何が起こりつつあるのかの認識が全くありません。指揮官不在の日本丸は、他力本願の乗員を乗せて、本年暴風雨圏に入ります。御自愛を祈ります。

二〇〇二年　元旦

（八）お母さん

新春を迎え如何お過ごしでしょうか。
昨年、大人の社会は心の痛むニュースが多かったのですが、子供達の詩には心に響くものがありました。

―お母さん―
疲れた顔をしたっていいんだよ
私の前で
夜働いているのだって
お父さんがいないことだって
私、気にしてないよ
お母さん
（小六の女の子）

―パパ―

きょうちゃんはあさよりひるより
よるがいちばんすき
だってパパがかえってくるでしょ
（五歳の女の子）

この長引く不況の中で、子育てに一生懸命なお父さんとお母さんに、心から声援を送りたいと思います。

二〇〇三年　元旦

（第五章　友への年賀状（一）～（五）は文芸社刊、福原好喜著『総理に忠告す――日本経済危機水域に入れり――』第五章を転載したものである。）

第六章

Zさんへの手紙

（一）バンクーバー便りI “Be a gentleman”

Zさん、お変わりありませんか。九月から留学でカナダ、バンクーバーのブリティッシュ・コロンビア大学というところに来ています。カナダ有数の大学で、イングリッシュ・ベイに突き出た岬全体がキャンパスで、富浦で言えば、さしずめ多田良と大房に大学があると言った感じでしょうか。街で会う人々の肌の色は様々で、バンクーバーはさながら「人種の坩堝（るつぼ）」のような街です。日本人は第二次世界大戦中の排日運動の結果、現在でもそう多くはありません。

Zさん、この街に住んで驚くことは、この街が様々な人種の、様々な文化の上に出来上がっていながら、清潔で安全で秩序だっているということです。大学へはバスで通学していますが、バスには車椅子用の電動ブリッジが用意されています。車椅子利用の乗客がある場合は、運転手は前にある二つの椅子を折り畳んでブリッジを下ろし、車椅子をバンドで固定します。その間、ほかの乗客は雨の中でもじっと不平顔もせず待っています。私は日本でも外国でも、年配の方には席を譲るようにしているのですが、こちらに来てもう何度も若者から席を譲られ、チョット困惑しています。

札幌農学校の副校長クラーク・スミスは、帰国の折、見送りの学生たちに “Boys,be ambitious" と言ったという話は有名ですが、彼が日ごろ学生たちに言い聞かせていたのは "Be a gentleman" 「紳士たれ」ということでした。学生を管理する為に、細々とした規則を作成して彼の裁可を得ようとした農学校の職員に、彼は「余の規則は唯一 "Be a gentleman" である。」としてその願いを却下したそうであります。

学生の「ジェントルマンとはなにか？」という質問に彼はこう答えたと言います。「大きな子供に背を向けない。小さな子供をいじめない。」Zさん、私はこちらに住んでこう思います。大人の人たちが日常生活の中で、弱い人や年をとった人に優しい。それを常日頃見ている子供たちや若者は、それを当然のように思って実行する。ボランティアをしたこともない審議会の委員たちが、子供たちにボランティア活動を義務付ける教育改革案を作成する日本のことを思い、暗然とした気持ちになります。日本で gentleman や lady は育つのでしょうか。外にいて日本の将来を思います。

二〇〇一年一一月五日

福原　好喜

（『房日新聞』、二〇〇一年、一一月一三日）

（二）バンクーバー便りⅡ「我日本の眼目とならん」

Zさん、今年の菊の値段はどんなでしたか？　去年より一層不景気なような気がするとのお話ですが、こちらもニューヨーク貿易センタービルのテロ事件以来、ホテルや土産物店はすっかり火が消えたようです。予想していたように、アメリカ人の消費性向（収入に対する消費の割合）が急激に下がってきました。私が最も恐れた、日米同時不況の始まりです。

Zさん、これは経済学のおとぎ話ですが、Nという国はAという会社とBという労働者からなっていたとします。N国の首相は、財政を立て直すという理由で、消費税を増税することにしました。Bさんの奥さんはしっかり者でしたから、家の出費を減らすことにしました。A企業は売上げが減ったので合理化に取り組み、その結果としてBさんの給料を減らしました。Bさんの奥さんは、これは大変と一層消費を減らし、貯金を増やしました。A企業は売上げ不振からついに廃業のやむなきに至り、Bさんを解雇しました。N国では企業家はいなくなり、労働する人もいなくなり、結局税を払うものは誰もいなくなりました。一体このN国の経済破綻の責任は誰にあるのでしょう。Zさん、これは金の卵をほしがって鶏を殺してしまった、あの愚か者の話と似ていませんか。

私は実は平成九年、時の総理に、消費税増税を取り止めるよう、そして財政の健全化を目的とする「財政構造改革」を、経済が成長軌道を取り戻すまで凍結するよう、申し入れました。そして景気回復をはかるための新しい経済政策も提言したのでした。細かい話は拙著『総理に忠告す』（文芸社刊）をお読み頂きたいのですが、新聞によると、この九月の日本の失業率は五・三％とのことです。実は農村で「娘の身売り」が頻発したという昭和六年の一月の失業率は五・三九、六月が五・三八％でした。

Ｚさん、ご存知だとは思いますが、昭和六年は農村の悲劇だけでなく、その後の日本の一大悲劇の序曲の年でした。同年三月、陸軍「三月事件」。九月、関東軍による「満州事変」。一〇月、陸軍「一〇月事件」。七年一月、関東軍「上海事変」。二月、井上準之助前蔵相射殺。三月、三井合名、団琢磨射殺。そして五月一五日、犬養毅首相射殺。昭和恐慌こそ、テロリズムと軍国主義の発生基盤でした。そしてその結末が最大の悲劇、太平洋戦争でした。

Ｚさん、わが房総の生んだ偉傑日蓮は、「我日本の柱とならん、我日本の眼目とならん、我日本の大船とならん」と唱えたとのことですが、新渡戸稲造は少年の時、「我、太平洋のかけ橋とならん」と自ら誓います。彼は昭和七年四月、アメリカ国民説得のため、七一歳の老いの身で、単身暗雲たれこめる太平洋を渡ります。しかし太平洋の両岸に燃え上がった戦さへの炎は、彼の力ではどうしようもありませんでした。彼の臨終の地バンクーバーにいて、彼の無念を想い、日本の将来を憂います。自らの失政で日本の経済を不況におとしいれておきながら、今年も来年もマイナス成長と公言してはばからない与党内閣の下で、日本は何事もなく過ぎて行くのでしょうか？

二〇〇一年一一月一九日
福原　好喜

（『房日新聞』、二〇〇一年、一一月二八日）

（三）ブリスベンより「日本経済に何が起こっているのか？」

Ｚさん、九七年末、私が連続して橋本総理に、経済政策の変更を求める忠告書簡を送った時、あなたは「途方もない」と呆れ顔をしていましたね。実はその後日本経済は、私の予測したとおりの途を辿り、本当に困っています。今日は「今後の日本経済はどうなるのか？」というあなたの御質問に答えようと思います。

Ｚさん。日本政府は最近になって、日本経済がデフレであることを認めました。しかしデフレスパイラルであることはハッキリ否定しています。私は政府のこの現状認識の誤りが、彼らの経済政策を過らせていると思います。図を見て頂きたいのですが、アメリカ経済は現在、完全雇用線を割り込んだA地点に、日本はデフレスパイラル下のC地点にいます。アメリカは景気後退期、日本は深刻な不況にあると言ってよいと思います。このような日米経済は今後どのような途を辿るのでしょうか？

アメリカ経済は昨年前期にピークアウトし、貿易センタービルテロ事件でその下向速度を速めました。しかし一時急速に悪化した経済指標の中に好転するものもあり、グリーンスパン議長のソフトランディングは成功しつつあるようにも見えます。しかしＺさん、私はアメリカ経済は既に頂上を過ぎており、今後株価が昨年の高値を抜くことはないと判断しています。一方日本経済は日銀のオーバーキルと、政府の過度の不動産取引規制とによって、地価が年率五～一〇％で下落しており、過去一〇年間、国民の失った資産価値は一〇〇〇兆円を越えると予想されます。また株価は現在ピーク時の四分の一であり、これによって国民の被った損失は約五〇〇兆円です。両者合わせて一五〇〇兆円の資産喪失は、ＧＤＰ三年分にあたります。この資産デフレは個人の消費活動、企業の投資行動を著しく圧迫、日本を深刻なデフレへと導きました。そして一九九七年、橋本内閣のとった一連のデフレ政策（消費税アップ、財政構造改革、減税打ち切り、医療費負担増等）は、日本経済回復の芽を摘み取り、日本を物価下落が物価下落を生むデフレスパイラルへと陥れました。最近物価下落の速度は速まっており、デフレスパイラルは本格化する兆しがあります。経済的に言えば、Ｚさん、現時点は、農村で親たちが娘を売りに出さなければならなかった、七一年前の昭和六年にあたります。

そして、現小泉内閣は四つの経済対策、①財政改革、②不良債権処理、③ペイオフ解禁、④経済構造改革、を強力に推し進めようとしています。「構造改革なくして経済成長なし」が小泉、竹中内閣の主張で、ブッシュ大統領もこれに賛意を表しています。しかし二人の指導者はまったく日本経済の現状を見誤っています。これら四つの政策はそのいずれもがデフレ政策であり、結果的にデフレスパイラルの速度を速め、平成不況を「平成恐慌」へと導くでしょう。もっとも重大な点は、小泉総理にも、竹中大臣にも、資産デフレの認識が全くなく、そ

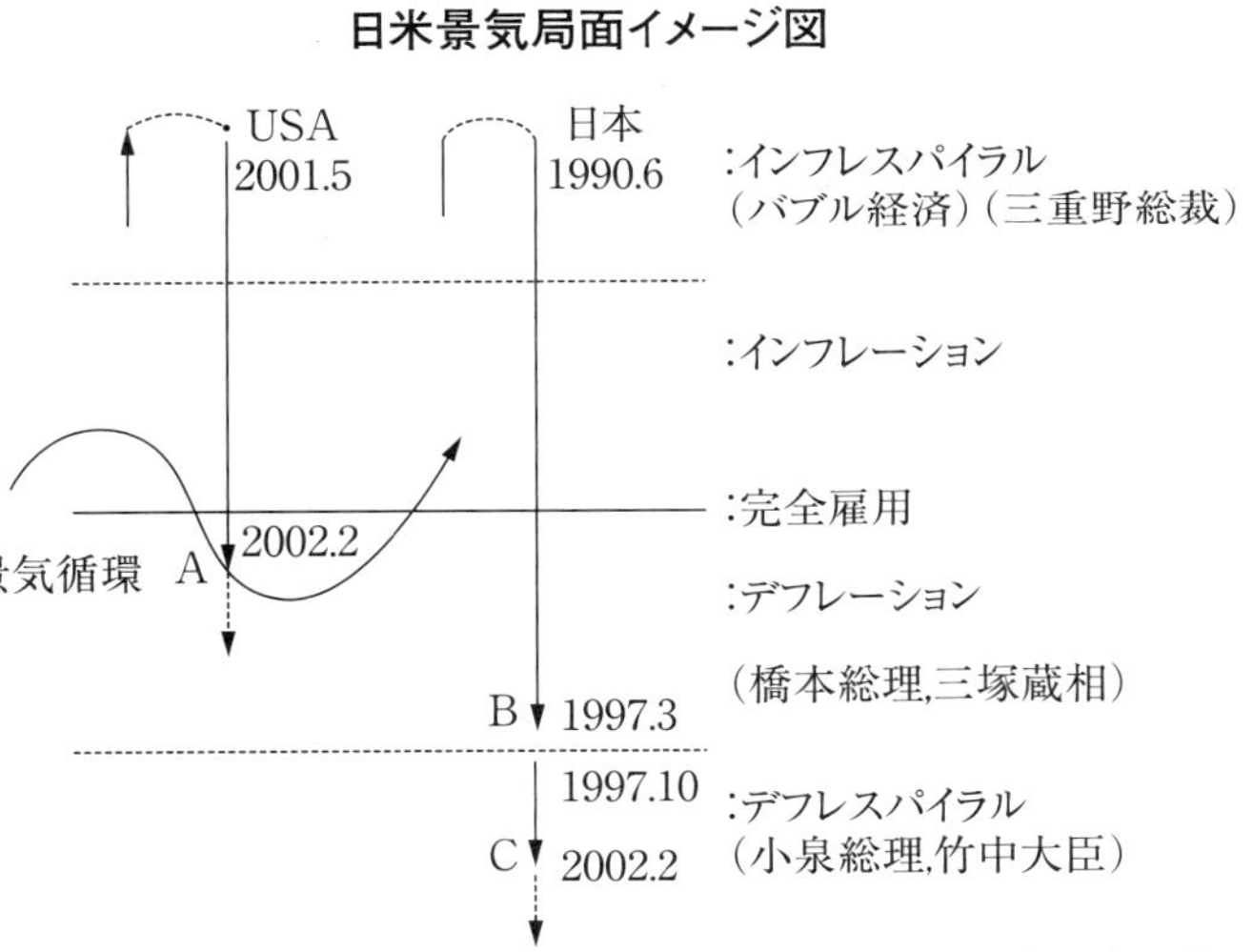

の結果、資産デフレに対する対策が現内閣には皆無だということです。A地点のアメリカ経済と、C地点の日本経済は互いに影響を与え合いながら、今後長期的には、世界的なデフレをもたらすことになるでしょう。

Zさん、デフレスパイラルというのは、自律回復の極めて難しい、いわば底無し沼で、さしずめ「経済のブラックホール化」とでも呼ぶべきものなのです。現在、オーストラリアに留学中ですが、間もなく帰る予定です。季節が変わります。ご自愛を祈ります。

二〇〇二年　二月二七日　ブリスベンにて

福原　好喜

(『房日新聞』、二〇〇二年、三月五日)

第七章　東大蓮實学長への手紙

三月二八日の『読売新聞』によると、一九九八年三月二七日に行なわれた東京大学の卒業式で、東大卒の官僚や企業人が相次いで逮捕された一連の金融事件について、あなたは次のように語ったと言われています。

「嘆かわしい財政スキャンダルに加担した高級官僚や私企業の上層部に、本学の卒業生がまじっていたことはまぎれもない事実であり、それを否定する事は出来ません。かってこの大学に学んだほんの一部の者たちの愚かな振る舞いに、東京大学に籍を置く者の一人として、深い憤りと屈辱を覚えずにいられません。仮に彼らの破廉恥な言動に東京大学独特の風土が何らかの意味で反映しているというのが事実であるとするなら、例外的な少数者の愚行とはいえ、そのことを深く反省しなければならない立場にわたくしは立っていることになります。」

「昨今の度重なる財政スキャンダルのニュースに接して何とも気分が滅入るのは、知識や情報に恵まれていた筈のその当事者たちが、まさに知性だけを欠落させているとしか思えない言動を弄していることにあります。その点からひきだしうる教訓は、現在の日本が抱え込んでいる最大の問題が、知性とは異なるさまざまな要因の介入によって処理されがちだという事実にほかなりません。そこでは多くの場合、知性の働きは、軽蔑される以前に無視されております。」

あなたが国立大学である東京大学の学長として、卒業生である高級大蔵官僚や都銀の上層部の不祥事に、あなたに直接的責任はないにしても、深い憤りと屈辱を感ずるのは当然でります。しかし、今回の財政スキャンダルの当事者たちに欠落していたのは、あなたの言われるように、知性だったのでしょうか。いや、仮に彼らが知性を欠落させていたとしても、彼らのスキャンダラスな行動のよって来たる原因は「知性の欠落」だったのでしょうか？　私には到底そうは思えません。彼らになべて欠落していたのは、知性ではなく、人間の理性や徳性、良識や良心だったのではありませんか？　大蔵官僚にワイロを渡し、いかがわしい接待をした都銀のMOF担や、それにノコノコついて行った大蔵官僚に欠けていたのは、悪事をなさない理性や、人道に反する行為をしない道徳心、いわば魂の品性とでも言うべきものだったのではありませんか？　彼らは知識としては彼らの行為が法律や人道に反することは知っていたのです。

札幌農学校教頭のクラークは一期生一一名に常々「紳士たれ」Be a gentleman. と言って聞かせていたとのことです。今回の高級大蔵官僚や、彼らにワイロを贈り、いかがわしい接待をした都銀首脳部に欠落していたのは、あなたの言われるような知性ではなく、クラークの教えようとしたジェントルマンとしての見識なのです。

学長、あなたは教育とは知性の質を高めることだとお考えです。そして知性を高めれば卒業生は「スキャンダラスな愚行を犯さない」だろうとお考えです。あなたは言っています。「教育とは、他人とともに考え、他人とともに行動する事にほかなりません」、「他人の視線を身近に感じる事で、わたくしたちは、かろうじてスキャンダラスな愚行を犯さずにすんでいるのかも知れません」と。

私は考えます。他人の視線を感じるから、「かろうじてスキャンダラスな愚行を犯さないですむ」というようなあなたの教育では、貴大学出身者のスキャンダラスな愚行は永久になくならない、と。あなたは国立大学の学長として、「他者と交わり知性を高めよ」などという絵空事の説教を垂れるのではなく、学生に「諸君は国民の負担する税金によって、このように恵まれた施設で教育されている。卒業後は心して社会的貢献につとめ、ゆめゆめ私腹を肥やすようなことがあってはならん。たとえ誘われても、いかがわしい接待を受けてはならん」と教えるべきなのです。納税者の一人として私はそう思う。一部の者とはいえ、国民より忝うする税金によって教育を受けた人間が、卒業後国民を食い物にするのであれば、国立大学を存続させる意味がない。

一九九八年　三月三〇日

駒澤大学経済学部

福原　好喜

（第七章　東大蓮實学長への手紙は、文芸社刊、福原好喜著『総理に忠告す』第二章を転載したものである。）

第八章　橋本総理への忠告

(一) 総理に直言す

総理、日本経済は現在既に金融恐慌の状態にある。貴殿の失敗を、福沢門下生の一人として、座視するに忍びず、敢えてここにご忠告申し上げる。

貴殿がこのままの政策を取り続けて行けば、日本経済は、間違いなく昭和恐慌と同じ途をたどり、本格的経済恐慌へと発展する。巷に倒産と失業の嵐が吹き荒れるであろう。政治的に出来にくいこともあろうが、恐慌を回避し、景気回復を図るためには、(一)すべてのデフレ要因を遮断し、(二)出来うる限りの内需拡大策を取ること以外に途はない。デフレ要因の遮断とは具体的には、一．消費税を元の三％にもどす(今回の景気失速の主因はここにある)。二．地価下落こそが今回の長期不況の元凶であることから、土地および土地取引に関わる諸税をノーマルな状態に戻す。日本では金融機関の貸し付けのほとんどが土地担保である事から、長期にわたる地価下落が担保割れを引き起こし、それが銀行の不良債権の遠因となっている。また、個人にとっては地価下落が、逆資産効果として働き、消費者マインドを冷やし続けてきた。特に譲渡税は、もともと時限立法であり、この長期地価下落の中で存続させる意味がない。土地も実は、自由主義経済下においては普通の商品であり、地価暴騰がないかぎり、消費税なみの税率で良い。三．貴殿が「後世への付け回しはできない」として進めてきた財政構造改革は、事態の緊急性に鑑み、経済が成長軌道を取り戻すまで凍結する、等である。ただ六大構造改革は貴殿の公約であり、国民に公約違反の印象を与えかねないので、テレビ等で特別に貴殿が事態の緊急性を説明し、国民の納得をうるよう努力する。財政構造改革こそは、二〇〇三年まで日本経済回復の鉄の足枷となり、浜口内閣のとった旧平価復帰と同じ強力なデフレ要因として働き、平成不況を「平成恐慌」へと導くであろう。

内需拡大策は、財政難の折、また財政改革を推進してきた手前、貴殿のとりにくい選択肢ではあるが、方法は幾つかある。梶山氏はＮＴＴ、日本たばこの政府所有の株式を担保とした国債発行を提案されているが、要は、国債を発行したとしても、将来必ず、国民の負担なく償還される形にすることで、国民の理解を得ることである。そして、その支出が高い割合で有効需要の創出につながり、景気回復に役立ち、将来国民および国家の利益となって返って来る方策である事が肝要である。

日本は世界的に教育水準が高く、それが今日までの我国の繁栄の礎となってきたことは、ご存知の通りである。しかしその半面子弟の教育費が高く、親の家計を著しく圧迫、多くの大学生、専門学校の学生がアルバイトに明け暮れなければ、生活費を賄い切れないという状況下にあるのも事実である。そこで例えば、日本育英会の奨学金を額、枠ともに大幅に拡大し、学生の学資、授業料などを奨学金ですべて賄えるようにする。学生一人あたりに要する年間費用は、おおよそ三〇〇万円である。仮に学生数二〇〇万人として、六兆円の内需拡大効果がある。学生は我々の時と同じく、常時金欠病なので、ほとんどすべてが消費に回り、貯蓄に回ることはない。奨学金を無利子とすれば、すべての家庭はこれを利用するであろうし、一時的に「教育国債」（仮称）を発行したとしても、四年後から（四年生は一年後から）必ず返済されてくるので、償還には全く問題がない。国の負担は利子相当分のみである。教育費の重圧に苦しむ二〇〇万家庭にとっては、またとない朗報となるであろうし、何より日本の明日を担う若者への教育投資なのであるから、教育界、財界、政界、官界、いずれにおいても賛成こそあれ、反対意見の出ようがない。実は、これは国債と言っても、給付ではなく貸与であるから、内実は学生の国に対する借金である。国の負担する利子分は、日本を背負う若者に対する学業奨励金であると考えればよい。成人式を過ぎた大人に、親が未だ教育費を出すというのは、自然の摂理に反し、本当はおかしな話である。欧米では奨学金と、自分の働いたお金で大学に行くのがごく普通である。青年の自立を促すという観点からも自前の教育が望ましい。しかもこれらの若者は、奨学金のおかげで、前のようにバイトに追われずにすみ、学園の中で自由に青春を謳歌し、将来優れた人材として、日本国家、社会に貢献するようになるであろう。

経済学の講義ではないので、難しい話は控えるが、私の提案の要は、ケインズとは異なり、民間の資金（借金）による内需拡大策であり、財政再建を課題としている貴殿の今置かれている状況で十分取りうる政策と思われる。そして何よりもこの政策は、学生達をアルバイト先から大学へ呼び戻し、日本の次世代を担う若者をのびのび教育する事によって、我国の将来の繁栄に役立つ。良く説明すれば国民の理解も得られると考える。同じ発想で幼・小・中・高の教員の奨学金を使った再教育（例えば大学院への国内留学あるいは外国留学）などが、考えられる。長年勤務された先生方には、大学もそうであるが、積年の勤続疲労が見られる。優れた教員の養成は、優れた教育の基本であることは言うまでもない。

総理、総理は「後世への付け回しはできない」として、財政構造改革を進めて来られたが、長期不況化では実は、財政構造改革自体が、経済を失速させ、税収の減少を通して、財政構造改革を不可能にするという矛盾した性格を持つ。経済成長自体が、税収の増収を通して財政赤字解消の途であることは、現在のアメリカの例が示しているとおりである。マントを脱がすのは太陽であって、決して北風ではないことを、今肝に命ずべきである。

「成長のアジア」の時代は既に終わった。ヨーロッパは通貨統合に向けて、強力なデフレ競争の真最中である。好調なアメリカ経済にも、既に陰りの兆しが見える。そして我が日本経済は、三週間ほどの間に四社の金融機関が破綻し失速寸前。

総理、あなたに残された時間はそう長くはない。アメリカ経済が減速局面を迎え、日本経済がマイナス軌道をたどり始めれば、世界大恐慌の勃発すら現実性を帯びてくる。かねがね気になっているので、一言ご注意申し上げるが、諸官庁、日銀を通して貴殿のところに届く資料は、情報収集がスローモーなため、常に後追いである。経済の運営は、船の運航と同じく、機動的でなければならない。一ヶ月前の天気図を持って太平洋を渡る船長はいないし、三日前のカルテで診断を下す医者もいない。日本経済はこの一ヶ月で、危険水域から危機水域に入った。四大証券の一角が崩れたのに、「僕は報告を受けていない」では船長はつとまらない。細心の注意をもって日本丸の運航に当たられよ。

総理、事態は風雲急を告げている。昭和大恐慌は、時の浜口内閣が、緊縮財政、非募債・減債という超デフレ経済の下で、旧平価復帰(今で言う円高)という強烈なデフレ政策をとったことによる。当時の財政当局は、完全にアクセルとブレーキを踏み間違えた。今まさに、貴殿と三塚蔵相は同じ轍を踏もうとしている。

まもなく太平洋戦争の五六回目の開戦記念日を迎えるが、これも時の国家指導者達が、常識と見識を欠き、見当外れの判断ミスを犯したことによる。冷静に考えれば、三国同盟は結ぶべきではなかったし、他の方策が如何に苦渋に満ちたものであったとしても、日米開戦は取るべき選択肢ではなかった。その為に日本国民の払った犠牲はあまりにも大きすぎる。国政担当者の判断ミスが、時に善良で優秀な国民を不幸と悲劇のどん底へおとしいれることに十分思いを致し、身辺を正し、慎んで国政に誤りなきを期すよう切に希望する。

一九九七年一二月三日

駒澤大学経済学部
福原　好喜

（二）再度御忠告申し上げる

橋本総理秘書官殿

この手紙は単なる投書ではありません。日本国民及び国家の命運に関わる提案なので必ず総理の御手元に届けてください。

一九九七年一二月一四日

福原　好喜

内閣総理大臣　橋本龍太郎殿

一二月三日付けで私の提案を御送付申し上げましたが、その後、貴殿のお考えに変化が見られないので、私の真意が伝わっていないと考え、再度御忠告申し上げる。私は貴殿が今のままの政策を実行されていけば、間違いなく、本格的経済恐慌へと突入すると考える。私の予測に御疑念をお持ちなら、昭和初期の経済不況と浜口内閣のとった経済政策を検討されよ。今は時代が違うとお考えなら、金融恐慌から本格的経済恐慌へと突入している現在の韓国の状況をつぶさに検討されよ。私の手紙を再度添付するが、恐慌回避のための私の提案の要は、すべてのデフレ要因を遮断し、出来うる限り積極的な内需拡大策をとるということである。経済失速を止めるためには、すべてのブレーキを解除し、エンジンを全開する以外に方法はない。政治的に困難なこともあろうが、恐慌になってしまった後の国民及び国家の犠牲、損失を考えるなら大したことではない。私の提案は（一）消費税を三％に戻す、（二）譲渡税を撤廃する、（三）財政構造改革を景気回復まで凍結する、（四）大型の国債発行により内需拡大策をとる、の四点である。私の提言の独自性は（四）にあるが、その特色は従来の公共事業とは異なり、教育投資で内需拡大をはかろうとする点にある。ケインズ及び従来のエコノミストの考えと大きく異なる点は、①国債と言っても、内実は国民（それも資産ゼロ、収入ゼロの学生）の借金による有効需要創出策であること、②次世代への教育投資であるから、優秀な人材の育成に役立ち、日本民族の繁栄に資すること、③これが経済的には非常に重要なことであるが、万一景気浮揚に失敗したとしても（これは起爆剤としての公共事業が小規模すぎた場合十分考えられる）、学生が就職できる経済状況にあれば、借金は自動的に返り、償還には全く問題がないこと、である。

私は梶山氏の株式担保による国債発行は、安全性の観点から高く評価しているが、使用目的が主として破綻処理である事から、失速中の経済立て直しには効果が限られると考えている。

今総理がなすべきことは、金融不安の払拭と同時に、景気回復を果敢に実行する事であると考える。しかしその中で国民の理解を得られる内需拡大策はそう多くはない。

総理、総理が御多忙でおありなのは十分承知しているが、今は日本経済の重大な岐路である。小生の提案を真剣に検討されるよう強く希望する。

一九九七年一二月一四日

駒澤大学経済学部
福原　好喜

(三)　敗戦の戦法

内閣総理大臣　橋本龍太郎殿

総理、総理は冬休みに入られたとのことであるが、私は一一月以来、日本国民の運命を考え、眠れない日が続いている。私は歴史的にいえば現時点の日本は、昭和恐慌直前の昭和五年か、太平洋戦争突入直前の昭和一六年に類する歴史的運命の岐路に立っていると考えている。私の手紙を再度添付するので良くお読みいただきたいが、一一月一八日の政府の「緊急経済対策」以来、貴殿のとられている経済対策は、戦法で言えば「段階的小規模兵力投入」とでも言うべきもので、敗戦の戦法である。仮に敵兵一〇〇、当方二〇〇としても、三々五々兵を出せば敗戦は目に見えている。セルフサービス方式のガソリンスタンドの解禁やセカンドハウスの取得促進位で景気が立ち直る訳もなく、取ってつけたような二兆円減税も、北拓、山一の破綻で既に地獄をのぞき見てしまった国民は、貯蓄こそすれ、消費に回す筈もない。何度も言って恐縮だが、小生の忠告を虚心坦懐に検討されよ。小生は三〇年近く経済学を学んできた。知識の量は大したことはないが、経済の大局を見る目はある。現在の株価下落は、貴殿の経済政策に対する市場の不信任の意思表示である。株価一万五千円割れで、主要二十行の半数の所有株式は含み損となる。不良債権の処理は困難となり、クレジットクランチは一層進むだろう。株価はその事を嫌気して一層下落するだろう。既に経済の逆スパイラルは始まっている。私は貴殿の歴史的役回りを浜口内閣と酷似していると考えているが、欧米のエコノミストは貴殿を二九年恐慌の張本人であるフーバー大統領になぞらえている事を御存知か。重ねて申し上げるが恐慌回避の選択肢は多くはない。日本経済は既に貴殿の考えているような対症療法で良くなるような段階ではない。財政構造改革法もタイミング悪く、既に機能し始めてしまったが、今はつまらない辻つま合わせや、過去の経緯にとらわれている時期ではない。根本的立て直しを行なわない限り、貴殿は自縄自縛で恐慌への途を歩まざるをえない。貴殿は「改革は痛みを伴なう」と言っておられるが、それは健康な人に言うことで、あばらを折った人間に言うべき言葉ではない。

私の直訴状は江戸時代の百姓の直訴とは違う。民主国家の主権者の一人の真剣な提言である。御多忙であろうが貴殿の返事をたまわりたい。

一九九七年一二月二八日

駒澤大学経済学部

福原　好喜

（四）退陣を勧告す

橋本総理殿

総理、経済指標から見ると、九五年末から回復過程をたどっていた日本経済は、昨年四月の消費税アップによって気迷いに転じ、九七年後半から現在にかけて、急速な失速状況に陥っている。経済企画庁の国民所得速報によると、このため九七年度のＧＤＰの実質経済成長率は、戦後最悪のマイナス〇・七％であるという。そして直近の九八年一～三月期の成長率は、年率換算でマイナス五・三％である。四月以降の各経済指標も、現在まで好転の兆しを見せていないことから、貴殿の「特別減税と社会資本整備で二％成長を見込んでいる。堅く見た数字だ」と言う言明にもかかわらず、このままゆけば、日本経済は、九八年、数パーセントのマイナス成長に陥ると予測される。韓国経済はマイナス三％で恐慌状態である。私は日本経済が今年後半からそれに近い状態になることを危惧している。

それでは回復軌道をたどっていた日本経済が、何故に突如として失速状態に陥ったのか？

その直接の原因は、四月貴殿が行った三％から五％への消費税アップ、年末特別減税の打ち切りなど一連のデフレ政策の採用にある。しかも、貴殿は無謀にも、一一月「財政構造改革法」を可決、成立させ、自ら景気回復の手段に鉄の足枷をはめてしまった。弱いながらも自律的に回復過程に向かっていた日本経済に、貴殿は冷水を浴びせ、病状を悪化させた上に、自らその救済の手段をも放棄してしまった。一一月、四社の金融機関、証券会社の破綻を契機として、日本経済は逆スパイラル軌道を辿り始めた。貴殿は一二月、突然二兆円減税を打ち出し、今年三月、成立したばかりの「財政構造改革法」を改正、四月末一六兆円の総合経済対策を決められたが、私の心配した如く、時既に遅く、サイは投げられた後であった。橋本の得意技「後手」と言われる所以である。

総理、私は昨年一一月、三週間ほどの間に三洋証券、北海道拓殖銀行、山一證券と主要金融機関の破綻を目の当たりにして、日本経済に緊急事態発生と判断、貴殿に連続して三通の意見書を送付、軌道修正をご忠告申し上げ、また貴殿の考えを糺した。念の為三通とも配達証明付きでご送付申し上げたが、貴殿は三通とも無視された。私の提言の要は、緊急事態発生の下で貴殿の取られるべき方策として、(一)消費税を元の三%に戻す、(二)「財政構造改革法」を経済が成長軌道を取り戻すまで凍結する、(三)土地譲渡税をノーマルな状態に戻す、(四)出来うる限りの積極的内需拡大策をとる、の四点であった。

(四)については、赤字国債による従来型の公共事業に対して、国民のアレルギーがあることから、独自に「教育国債」発行による全学生への無利子貸与奨学金設置によって、民間債務に基づく六兆円の内需拡大をはかることを提案した。その折、これは「民主国家の主権者の一人の真剣な提言である」ので「返事をたまわりたい」と強くお願いした。しかし未だ貴殿からは梨のつぶてである。貴殿は新聞広告で「日本をプラスに変えます。今この国にはマイナスの話ばかりがあふれています。日本は本当にダメな国なんだろうか」と言っておられます。総理、そういう態度を「いけしゃあしゃあとした態度」と言うのです。一エコノミストとして言わせてもらえば、今回の景気失速の張本人は貴殿自身なのです。その貴殿に日本経済をプラスに変えるなどと言う資格はない。日本国民は元々優秀な国民であります。なればこそ、あの敗戦のドン底から今日の経済成長を達成して来たのです。その優秀な国民をミスリードすることによって「ダメな国」にしたのは貴殿自身なのです。株式市場も為替市場も、マーケットは既に貴殿と貴殿の経済政策に対して、不信任の赤の点滅を灯し始めた。私は日本経済と貴殿とが心中するのを見るに忍びない。自らの進退は自ら決められよ。

一九九八年六月二六日

駒澤大学経済学部

福原　好喜

（第八章　総理への手紙（一）～（四）は、文芸社刊、福原好喜著『総理に忠告す』第一章総理への手紙1～4を転載したものである。）

第九章　拝啓「銀八先生」

―教師への手紙―

（一）この国の成人になる一人として

拝啓　銀八先生

先ず、私は『総理に忠告す』を読み、毎朝二キロのマラソンを継続されているという先生の意志の強さや、道沿いにコスモスを咲かせてその世話も十数年続けられているという心の美しさや、優しさがとてもすばらしいと思いました。自分には簡単に真似できることではないと思います。それに日本経済の危機を他人まかせにせず、我が事のように真剣に捉え、憂い、案ずる先生の姿勢がこの本からとてもよく伝わってきて、私も今年でこの国の成人になる一人として自分の事だけでなく、もっと他人にも社会にも目を配り、成人の責務を果たしていかなければならないとしみじみ考えさせられ、先生に感化されました。

はじめに、第一章「憂国」において四通に及ぶ総理への手紙の中から私が一際気になったのが、奨学金という形の国債を発行することにより内需拡大を図るという先生独自の考え方です。私のような経済学の勉強を始めたばかりの学生に、はたしてこの政策が今の日本経済の処方箋として有効なのかどうなのかを見定める力はありませんが、先生の独自性には目を見張るものがあると思います。また、学生のことを親身に思って下さる所以だと考え、現に日本育英会の奨学金を受けている私自身としましても嬉しく思います。今こうして大学生活の醍醐味を満喫できるのは、両親の力ぞえ、自分のバイト代は言うまでもなく、奨学金のお蔭でもあるので、この政策が現実のものとなれば、これからの学生にどれだけの時間的・体力的余裕をもたらしてくれるものだろうかと思います。以上のことは学生の視点から考えた上でのことですが、経済学的視点から見ても内需拡大を促進でき、万一景気浮揚に失敗したとしても学生の就職により借金は償還されるということから、これから期待できる政策の一つだと思います。

しかし、失敗時の償還の目処が立っていても、過去に地域振興券の発行という有効需要が期待された政策も結局は失敗し、後世に借金を残す形に終わっているので、政策の実行には慎重さが必要だと思います。

そして、先生は農業の衰退についても詳しい数字を用いて熱く語っておられます。私がこの事について深く考えさせられたのは始めてです。特に「日本を攻めるには空母も戦闘機も、ミサイルも要らない。シーレーンの封鎖で間違いなく音を上げる。」という文章が印象的でした。私はこんなに脆く崩壊してしまう日本の農業体制や食料自給率の現状を初めて知り、今まで何も知らずに飽食に甘えていた自分をとても愚かに感じました。私にはこれから具体的にどのようなことができるのか分かりませんが、食べ物があるという毎日に感謝する心は絶対に忘れたくないと思います。

最後に、私はこの本を読んで一番心に残るのが、先生の心の温かさです。どの章にも共通して登場してきたのは、日本の国を愛する温かい心、学生の教育を熱心に考える熱い心、見ず知らずの人を案じ元気づけようとする想いやりの心、動物の気持ちがわかり、植物を可愛がる優しい心・「Warm Heart」でした。

先生には本当にありがとうございましたと言いたいです。

（Y．K．）

（二）初めて自分と向き合いました

先生お元気ですか。『総理に忠告す』拝見させて頂きました。この本を読んでまず言いたいのは先生への感謝の気持ちです。これはけっしてお世辞ではありません。本心です。読んでいて涙があふれました。それは私の心があらわれたことに他ならないからです。

教育についてですが、私の体験を述べると中学・高校のエスカレーター式の学校でした。六年間も同じ学校にいるから、当然友人とも深くつき合ってきたのだろうと思うかもしれません。しかし、それはごく一部の人だけなのです。成績順のクラス分け、クラスの中の席順も成績順。すべての基準は、成績でした。先生も私達のことを成績でしか判断していなかったように思います。そのような中で教育を受けた私は、先生の言う知性がすべての「自己中心的な人間」になっていたように思います。本を読みながらきっと、そんな自分が情けなくて、悲しくてこのままではいけないと思い涙が出たのだと思います。いままで、何度も自分と向き合おうと思っていましたが、思っているだけで何も変えようとしていなかった自分がいることに気付かされました。「私は逃げることが嫌いである。何か困難なことに出会った時、何時も逃げることなく、真正面から対処してきた。自分が百姓をするということはどういうことなのか。大学教員であるとはどういうことなのか。それに答えを出すことが人生の課題である。」という文を始めに見た時、初めて私は自分と向き合いました。二〇歳になり、親のスネをかじり、学費を出してもらい、私はここ（大学）にいる。本当に勉強がしたくてここにいるのかなど色々考えました。一応ゼミにも入り、勉強はしてないこともないけれど、与えられたことをやっているだけなのではないか？　と思いました。先生のおかげで心の迷いが無くなりました。それは、先生の姿勢に心を打たれたからです。口だけの教授ではなく、先生はエコノミストとして総理に手紙を出し、阪神大震災にはミカンを送り、常に自分に厳しくマラソンを続けていらっしゃる。私の心に残っている言葉は「勉強ができる奴よりも心の広い温かい人間になりなさい」、「経国済民」です。先生は私にいろいろなことを教えてくれました。これは、知性だけの教育ではなく、心の教育であったと身を以って体験しました。以前は友人になぜ経済学部なのと聞かれて、はっきりと答えられなかったけれど、勉強する意味を見つけた今は人を救うために何をすべきか、どのような政策をとればよいのかを学ぶためだとはっきり言えます。だから私は当然先生の民間資金による内需拡大策に大賛成です。私はまだ、このようなことを考えられないけど、もっと勉強し、人々の役に立てるような人間になりたいと思います。大学に来て先生に出会えて本当によかったです。これからもこのままの熱いパワフルな先生でいて下さい。

（H．W．）

（三）心豊かな国に

先生お元気ですか？『総理に忠告す』拝見しました。正直な本の感想をまず一言で表します。福原先生こそ、本当に総理にふさわしい方ではないでしょうか？　福原先生のような国民のことや私たち生徒のことを考えてくださる方が、総理となれば日本はもっと心豊かな国になるだろうと思いました。

先生の授業は、ハッキリ言って、他の先生方の授業とは違って生徒の関心を集めてしまう不思議な力があるのではないでしょうか？　現代の言葉でいうと〝カリスマ性〟とでも申しましょうか。気がついたらあっという間に授業がおわってしまっていたという感覚です。先生のおっしゃる経済と教育論はとても奥が深く納得させられます。

今回、この本のタイトル『総理に忠告す』を見た時、先生らしいなと思いました。毎回の授業において、物事をはっきりさせるような勢いのある言葉を聞いているからです。

タイトルからワクワクしてページを開きました。前半の総理への手紙など、私たちを代表してもの申して下さっている内容に深く尊敬しました。全て、このような内容かと油断していたら、先生の日常が、垣間見られるかのような内容があり、いい意味で裏切られた気分です。「ウォーム・ハート宣言」・・・本当にすばらしいです。はじめにも私が述べましたように、思いやりの心を大切にすることは非常に当たり前ですが、大切だと思います。しかし、最近の社会は「自分が大切」、「能力主義」などで「思いやり」という言葉もかすんできたような気がします。だからこそ、先生のもう一度原点に帰り・・・という、その宣言の精神には共鳴致します。

先生が富浦にお住まいということに驚きました。日頃の先生からは農作業姿なんて思いうかびません。私もゼミの合宿でセミナーハウスに何度か行きました。とても大好きな町です。「田舎の夏休み」は必要だと思います。これもある意味でウォームハートと同様〝原点〟だと思いました。この本を読ませて頂いて最後に残ったのは先生の「ウォーム・ハート」です‼

（C．F．）

(四) 日本はどう変わるのでしょうか

銀八先生へ、『総理に忠告す』拝見致しました。

ウォーム・ハート&クール・ヘッドについて私の感想を述べたいと思います。私は先生の授業を毎回出席していますが、第一印象は、熱く真面目な人という感じだけでした。しかし、先生のウォーム・ハートの理想的な次世代教育の考え方に深く共感し、今までの真面目な人という感じだけではなくなり、先生自身が温かい心を持った人なんだと、本を読んでわかりました。特に印象的だったのが「人は貧しくとも不幸にならない。心貧しきことが人を不幸にする。」という一文でした。この一文は本当にごもっともという感じを受けました。そして日頃の自分の生活を振り返るとともに、この精神を持った人間になりたいと思いました。心が温かくて、きれいであれば、何らかの形で人に伝わる気がします。そして内面からの美しさを目指します。

今どき、と言ったら変に聞こえるかもしれませんが、今の時代こんなに熱くて、なんだか身近に感じるというか、勉強だけではなく人生を教えてくれる先生もいるんだなぁと思いました。これは私だけでなく授業をとって、この本を読んだ他の生徒も感じていることでしょう。人は勉強だけではない。心が大事であるという事を教えて下さった。勉強がいくらできても、心がけがれた人もたくさんいます。そんな人は、本当にかっこよくもなんともないのです。先生のように何でも実行し、人の役に立てるような人間になりたいと思います。本を読んで自分を見直せました。とてもためになり、よかったです。

　これから日本は一体どう変わるのでしょうか。小泉純一郎総理はやたらと国民に人気がありますが、その人気と比例する景気回復対策があるのですか。

（K．S．）

(五) これも巡り合わせ

拝啓　福原好喜先生

福原先生の本を拝見しました。はじめに表紙を見たときは、とっつきにくそうな難しい本のように思えて正直あまり読む意欲が湧かなかったのですが、「序にかえて」の、先生の苦労した学生時代の節に感銘を受け、最後まで一気に読みきってしまいました。そしてやはり一番興味深かったのが、題名にも関連している橋本総理大臣に宛てた手紙の部分です。先生の、日本経済の行く末を案じる真剣かつ熱い姿勢、そしてすぐれた先見性、その全てに驚きを覚えました。その都度その都度、逆境にも屈せずに自分の意見を伝えていこうとする活力は、今の日本人に欠けている何かを思い起こさせます。私は、先生の様に、生徒の事を心の底から考え、それを行動に移して奮闘している先生を見た事がありませんでした。特に大学の教授ともなると、生徒数も多く、生徒とのつながりも圧倒的に薄れてしまっていると思っていました。けれども先生は違いますね。自分の体を壊してまで精一杯の授業をし、生徒の為に東奔西走し、「本当に困った事があれば自分の元へ来なさい」という救いの手を差しのべる。そんな先生の姿勢に、私は自分が恥ずかしく思えてなりません。恵まれた環境でのうのうと暮らし、特にコレといって何をする訳でもない毎日・・・。こんな事では駄目だ、と、先生は思わせてくれました。もっと何事に関しても真剣にならなきゃ、と。今の日本の状況に関してもそうです。「不況だ不況だ」と騒がれていても、自分に直接的に何かが起こっている訳ではないので、楽観視してのん気に構えている。実感が無いので危機感が無い。経済学部に所属する私がこうなんだから、この様な若者はかなりの数いると思われます。日本はこの先どうなってしまうのでしょうか。ただ、私は駒澤の経済学部に入って、先生の講義を受け、先生の本を読めた事を良かったと思います。自分のこれまでの無知を恥じ、これからについて真剣に考えようと思えたからです。先生。先生は、本当にすごい人だと思います。一年の時に先生の授業を受けていられれば良かったのに、と思いました。けれども、これも巡り合わせですね。私はこれから先生の話を聞き、自分に生かしていければと思います。だから、先生、これからも頑張って下さい。熱い授業を届けて下さい。先生の意見、考えを聞かせて下さい。お体を大切にしつつ、無理をせずにやっていって下さい。先生の本、もう一度しっかり読み直したいと思います。

（H．M．）

(六) 金八先生をこえていると

今回、拝見してとにかく先生はすごいな、と圧倒されるばかりでした。

まず、総理への手紙は先生の行動力、そして先を見る洞察力、そして何より他へ対しての思いやり、言い換えれば温かい心に心打たれました。

橋本総理の経済対策に対し、一経済学者として真っ向から自分の意思を伝え、それもただ言っているのではなく、国のこと、国民のこと、奨学金の部分で言えば、学生のことまで心底救いたいとお考えになり、先生の信念に基づいて行動されていて、本当にすばらしいと思いました。その上先生は知性という言葉にとらわれず人間として良い人間を育てるのが教育であると言って、それを大学で実行されています。

僕としましては、先生は金八先生をこえているのではないか、と思います。僕もこれから心の広い人間になれるよう、努力したいです。銀八先生についていきたいと心から思います。

（K．T．）

(七)「ふぅ〜」が多いのです

僕はアルバイトで小学生達を教えていますけど、最近の子供達は僕の頃と比べても、つかれている気がします。塾に来たらまず、今日の気分をシールで、貼ってもらうんですけど、五種類(ハッピー、ラッキー、まあまあ、チョット、ふぅ〜)の内、一番最初に無くなるのが「ふぅ〜」なんです。塾に来る子供達は元気な子供が多いのですが、色々とかけもちしている子供ばっかりで、遊ぶ時間があまりないようなのです。僕が小学生の頃は陽が落ちるのが帰る合図で、毎日駆けまわっていたんですけどね。教える側と教わる側の二つを体験してみて、人に教えることがとても難しく大変なことだとわかりました。六〇分で三人の生徒を教えるだけでこうなのだから、先生のように九〇分で五〇〇人を超える学生を教えるというのは、見当がつきません。日本の経済の将来など心配なことがたくさんあって心労が絶えないでしょうが、カナダへ行くまでのあと二ヶ月弱よろしくお願いします。

(T.M.)

（八）結局お金だけなんです

拝啓　銀髪先生

『総理に忠告す』拝見しました。橋本総理に手紙を出すという行動力、そして、日本経済の危機に対する考えに感心しました。総理への手紙の中で「・・・日本国民の運命を考え、眠れない日が続いている。」という一文がありましたね。私は、その文を読んだときに、先生の心の広さ、他人を思いやる気持ち、あたたかさを感じました。私があますぎるのだと思いますが、今日の日本経済が低迷していることに、経済学部の学生でありながら、右から左へ流してしまっていました。きっと、就職活動を始めたら、その壁にぶつかると思うのですが、そうならないと、日本経済について考えられない、自分の事だけ、自分を第一に考えている心の狭い人間、それが、今の自分だということを改めて感じさせられました。

阪神大震災のときも、私は当時中学生でしたが、他の学生が募金しようと呼びかけたのに対して自分のおこずかいを出しただけでした。結局お金だけなんです。何かしたい！　という気持ちがあっても、先生のように自ら行動を起こすことができませんでした。先生がハッサクを送ったことに対するお礼の手紙を読んだとき、涙が出そうになりました。（電車の中だったので、がまんしました・・・。）無理に何か大きなことをしなくてもその時、自分ができることを精一杯すれば必ず相手に気持ちは伝わるということがわかりました。でも遅いんですよね。人のした事に今ごろ感動しても・・・。情けないです。この本を読んだことで、これからの自分を変えていきたいと強く思いました。

また、先生の教育観は素晴らしいと思います。理想の父親・先生です。初め、先生の授業をうけたとき、「熱い先生!!」と感じました。すごく情熱的なのですが、その反面、少し恐そうな近寄りがたく、怒鳴られそうなイメージがありました。T君もきっと同じだったと思います。T君にもその当時、この本を読んでもらいたかった。先生の優しさをもっと知ってほしかった。そうすればT君は真っ先に先生のところに相談に行ったと思います。私ならそうしています。とても残念です・・・。

これからも先生の教育観、信念を貫き通して下さい。そして、この冷めた授業の多い中で「熱い」授業をお願いします。私も自分を変えて先生のように積極的な、人の心の痛みがわかる人間になれるよう努力します。この本がたくさんの人に読まれる事を望みます。

（Y．J．）

（九）母親のような女性に・・・

拝啓　銀八先生

先生、私はこの本を読んで、自然と涙が出ました。今の日本経済について私の意見を書くべきかもしれませんが、それ以上に先生へ言いたいことがあります。

私は日本育英会の奨学金を借りて、今年で三年目になります。とても感謝の気持ちでいっぱいです。もし、この奨学金を借りることができなかったら、私は今頃アルバイトに明け暮れる毎日か、最悪の場合大学にはいなかったかもしれません。しかし奨学金を借りていても、私は実際アルバイトをしています。大学を休むほどアルバイトをしようとは思わないし、していませんが、少なくとも私は経験する価値はあると思っています。先生は、アルバイトをするならもっと他のことに時間を費やしなさいとおっしゃいました。私はそうは思いません。自分が自立するためにも、親に甘えないためにも、やるべきだと思います。私がアルバイトを始めたのは大学に入ってからでした。それまでは、家が自営業のためアルバイトではなく手伝いでした。始めて給料をもらったとき、お金の大切さ、親のありがたみ、社会で自立する厳しさ・・・色々知ることができました。そして、それは私を大変人間として成長させてくれました。全く知らない人と一緒に働くわけですから、それはそれとしておもしろくもあり、難しくもあります。

経済学部の〝ウォーム・ハート宣言〟、私はとても感動しました。このことを誰かに誇りたい気分です。常に思いやりの心を持っている人間になることは、私が中学生の頃から目標にしてきたことです。私は中学生のときに母親を亡くしました。それから私は家事をやるようになりました。何よりも、母のおかげで私は変わることができました。母の偉大さを思い知らされたのです。私の父も、現在そのまま自営業を続けています。他人を思いやることは必要だけれども、そこで見返りを求めず、素直に手を差しのべることが大切だと父が言っていました。私はよく父と話をします。泣きながら話すときもたまにあります。すごく、大事なことだと思います。親に頼ったりすることはあまりよくないと思いますが、助言をもらい、協力してもらうことは、私自身にとって心強くなりますし、自信がもてます。

先生は、家族でよく会話をし、時には涙を見せながら話し合うことがありますか？　私は今の家族がとても大好きです。そして母親のような女性になりたいと思っています。温かい心を持った人に・・・。

（M．K．）

（一〇）ボランティアを行うことに

『総理に忠告す』を拝見しました。私は、経済の事より第三章の「日々のくらしの中で」の阪神大震災の話が一番重く心に残りました。今まで私が心の中で思っていた事がとても素直に書かれていたからです。この文章を読みすばらしいと思うと同時に、自分が少し情けないと思いました。

阪神大震災が起きた事をニュースで知り、何か役に立ちたいと思いました。しかし、結局、私が協力した事といえば募金しただけでした。私にできる事がもっとあったはずです。いつも私は思っただけで行動に移れないのです。結局、自分では被害者の気持ちになっているつもりでも、第三者としてしか見ていないのかもしれません。これからは被害を受けた方々の気持ちになり、できるだけ早く思った事を行動に移そうと思います。これは、私にとって大変な目標です。でも先生の行っている事を知り、自分でもがんばればできる気がしました。いろんな事を率先してやっている先生は、ごますりとかではなく、本当にすばらしいと思います。自分が率先してできないぶん、先生のすばらしさがよくわかります。

実は私は昔から保育か福祉の方の仕事に就きたいと思っていました。正直、駒澤大学の経済学部に入ったのは、興味が少しあったというのもありますが、保育や福祉の専門の学校に行く勇気がなかったというのが大きい気がします。逃げたのかもしれません。最近このことがとても気になっていました。しかし、この本を読み積極的に行動しようと思いました。そしていろいろ調べ、通信で資格をとれる事を知り、さっそく行動に移しました。六月から資格をとるための勉強をし、夏休みにボランティアを行うことにしました。この本を読み、私は積極的に行動をしようという気持ちになりました。本当にありがとうございます。

（T．T．）

（一一）人生航行中の灯台のように

先生、お元気ですか。先生の書かれた本『総理に忠告す』を拝見しました。〝人は貧しくとも不幸にはならない。心貧しきことが人を不幸にする。〟〝社会に役立とうとする意思と他者、とりわけ社会的弱者に対する思いやりの心を育てること。〟〝教育理念は「学問より実行」「知識より見識」「人材より人物」で、それは「学問だけの学者」「知識だけの教育」「技術のみの人間」の対極を目指すものでした。〟これらは、先生の書かれた本の中でおっしゃられたものです。先生は私たちに知識だけではなく、人間として、基本のものを教えてくれました。

先生の授業に出席することで、私は人間にとって、何が必要なのか、今、自分は何をすべきなのかを教えられたと思っています。それは他人を思いやる気持ちです。自分を磨き上げるということは、仕事や勉強ができるようになるのではなく、人間として、他人を愛せるように

ならなければいけない。他人のことを考えて、誰でもいたわることのできる温かい心のある人間になりたいと思っています。先生はまるで私たち若者の人生航行中の灯台のようで、輝いています。先生ありがとうございます。

（Ｈ．Ｇ．留学生）

（一二）胸がはりさけそうに

先生お元気ですか。『総理に忠告す』を拝見しました。先生の熱い思いがすごく感じられました。僕はすごく、マイナス志向でちょっと失敗すると、すぐ落ち込んでしまいます。そんな時は〝学校に行きたくないなぁー〟って思ってしまったりしていた。でも今年、先生の授業を取って、先生の理念であるWarm Heart & Cool Headという言葉を聞いて、元気づけられ、失敗しても、前向きに前向きに生きられるようになりました。小さい事でうじうじ悩む前に、まずはチャレンジできるようになりました。先生の授業で私は、人間にとって何が必要なのか、今自分はなにをしなければならないのかを、すごく考えさせられました。先生の授業を聞いていると、「今、自分は本当に頑張っているか」「もっと頑張れるんじゃないか」といつも考えています。私はもっと人間的に魅力のある人になりたい。もっと大きい人間になりたい。先生と授業を通して、出会えて私は本当によかったと思っている。

話は変わるが、私は奨学金を受けている。私の家は、父の収入がばらばらなため、まったくお金が入ってこない月がある。そのため生活がとても苦しい。母はパートに行っているが、そのお金は、本当に微々たる物。こんなんでよく、私を大学に行かせてくれていると思う。でも本当に大学にいられるのは、奨学金を受けているからだ。これがなくては私は大学にいられないだろう。先生が奨学金の事を言っている時、本当に胸がはりさけそうなほど感動した。先生のような人がいてくれて、私は本当にうれしかった。私以外にも、奨学金でなんとか大学に行けている人や、受けられずに、大学に行けない人などいると思う。だから先生のような考えの人が一人でも多くなる事をねがっています。

（M．F．）

（一三）大学をやめようかと

先生お元気ですか。『総理に忠告す』拝見致しました。毎回、授業のはじまりに先生が話してくださる熱い思いが凝縮された本でした。

私が一番驚き納得したのは、先生が子供に「勉強をしなさい」と決して言わないという事です。私は今まで生きてきて、実際に親から「勉強しなさい」と言われたり、それ以上に、まわりの雰囲気、環境におされて、勉強をやらされてきました。小・中・高に通う頃は学びたい気持ちではなく、ただ単にやらなくてはいけないという気持ちだけで勉強をしていました。中学生の頃は高校に入るために、そして高校では大学に入るためでした。私は受験戦争の波に完全にのまれてしまっていて、本来なぜ勉強をするのかということについて忘れてしまっていました。大学に入学して、いざ経済の勉強をしてみた時、自分の経済という学問への興味のなさに虚無感におそわれました。何も考えず、とりあえず大学へと進学した自分がいました。自分が学びたいことではない学問を就職のために学ぶかと思うと、これからの大学生活四年間が全て中身のないものに思えてきました。自分にはもっと他に本当は学びたいことがあったはずなのに・・・という焦燥にかられました。実際に昨年一年間は大学での、そして今までの自分の勉強に疑問を抱き、大学をやめようかとも真剣に悩みました。

現在の日本は先生がおっしゃったり、私自身がそうであったように、勉強＝受験勉強となってしまっています。しかし、先生が行っている「田舎の夏休み」はそのような中で過ごす子供達に違う世界、違った考えを与えるすごく良いものだと思いました。読んでいて心温まるものがあり、これからも子供達にこういう世界を与えてほしいと思いました。そして少しでも受験勉強の渦の中でもまれる子供に温かい心を持たせてあげてほしいと思います。

（M．T．）

（一四）とてもじゃないけど

先生お元気ですか。『総理に忠告す』拝見致しました。

先生は農家をしながら教員をしているそうですが、大変ではないのですか？·先生には他の先生と比べて、倍以上の悩み、問題があって、それをこなしているのがすごいと思いました。学生のこと、大学のこと、不幸にあわれた人々のこと（阪神大震災など）、日本経済、日本教育、それから、農業の色々な問題・・・。とてもじゃないけど、すごすぎます。僕は、自分のことで精一杯です。親身になって問題に取り組む姿勢を見て、人間の大きさを感じました。なんか自分が情けなくなるような気分がしてくるけれども、先生を見ているとどこまでもついていきたくなります。こんな熱い人がいるなんて、なんかそれだけで、この大学にいてよかったです。この本をすぐにでも親に読ませ、友達にも勧めたくなりました。

（T．M．）

（一五）その先にある「人生」に

先生お元気ですか。『総理に忠告す』拝見致しました。この本を読んで私は日本の学生がいかに勉強していないかということを感じました。欧米の学生に比べて日本の学生は受験システムの枠組みの中にとらわれ、小学校の頃から大学に受かるためだけにひたすら知識のつめ込みをしている。実際に私もそうであったし、また勉強とはそういうものだと思っていました。そしていざ大学に入学すると、勉強をしなくなり、バイトやサークルに明け暮れる日々。大学に入学することを今までの人生のゴール地点だとかん違いしてしまい、その後の事を何も考えない学生が多いと思います。しかし、実際私が今まで生きてきて思ったことは、小さい頃から、親や学校の先生から「もっと勉強しなさい」「勉強していい大学に入り、いい会社に入りなさい」と言われ続けると、いい大学やいい会社に入ることが正しい事だと思ってしまい、本当に好きで勉強するのではなく、いやいや勉強するという状況に陥ってしまうのです。果たしてこれが本当の教育といえるのだろうか？　私はもっと学生が自発的に勉強するような教育システムを確立しなければならないと思うし、大学に入学することを目的に勉強するのではなく、その先にある「人生」ということに焦点を当て、生きる為に勉強しなければならないと思いました。そういった意味で欧米の学生が授業料を自分で払い、親に依存せず、自立していることを知って親に授業料を払ってもらっているにもかかわらず、勉強していない自分がなさけなくなりました。その点で、先生がおっしゃっていた「教育国債」はすばらしい案だと思うし、また、新渡戸稲造の教育理念、「学問より実行」「知識より見識」「人材より人物」という言葉はまさに私達に必要なものだと思い、感銘を受けました。

先生の授業に対する感想は、今まで私が受けた授業の中で一番聞きごたえがある授業です。先生の授業は、常に自分自身を考えさせられる発言が多く、また、いかに学生の事を大切に思っているのかということが毎回の先生の授業に対する熱意から感じとられました。常に日本経済について真剣に考え、一方で農業を営み、農業問題にも取り組む先生はすばらしいと思いました。

（D．A．）

（一六）花が人に与えるもの

先生お元気ですか？『総理に忠告す』を拝見致しました。この本を読んで先生の行動力ってすごい!! と思いました。総理に提案の手紙をだしたり、道にコスモスを植えてコスモス街道をつくったり、阪神大震災の被災者の方にはっさくを送ったり、人のためになる行動をしていて、先生の心の広さを感じました。また、学校で、募金活動をしたり、奨学金を提案したり、ウォームハート賞をつくったり、富浦で都会の子供たちを合宿させてあげたりして、先生は私達学生や、子供たちに勉強などより、もっと人として大切なことを教えてくれています。大学の講義でも、経済の授業だけでなく、いろんな話をしてくれて、私はもっと心に余裕をもつことを教えていただきました。また、先生は駒大をいい学校にしようとしてくださっていて、学校や学生に対して、すごく熱意があるのが伝わります。これからも、今までのような講義をずっと続けてほしいです。『総理に忠告す』を読んで、心に残った話の一つは、新幹線にのって花を神戸の被災地へもっていった話です。お金や水、食べ物も、大切な救援物資だけど、花をもっていってあげよう、と思いついたことに感動した。生きることに必死だった被災者の方々の心に、余裕を与えてあげたり、亡くなった肉親に供えることができたりしたのを読んで涙がでそうになりました。花が人に与えるものってたくさんあるんだなぁと思いました。また、この花をもっていった人の行動力もすごいと思いました。救援物資として送ろうとしたら断られたので、新幹線にのって届けに行くなんてなかなか出来ないと思いました。

私は、この本と、先生の講義から、心に余裕をもって生きることや、行動力を教えていただきました。人の気持ちを考え、思いやりを持った人になろう!!　と強く思いました。

（M・N・）

（一七）心の中では悩み苦しんで

〈福原先生への手紙。学生達の無表情の陰にあるもの〉

先生お元気ですか。『総理に忠告す』拝見しました。この本に流れているもの、それは「ウォームハート」にほかなりません。先生は経済学の講義の名を借りて、人間の生きざまについて常に教え諭していらっしゃいます。目には見えないけれど何時も何時も学生を骨も折れんがばかりに抱きしめながら「一人で悩むことはない、一人で苦しまなくてもいい」と慰め励ましていらっしゃいます。そして時には背中を強く押して「知らん振りするのではない、ここぞという時には人間として怯まず立ち向かえ」と勇気を持って対処することの重要性、厳しさについて教えていらっしゃいます。

私は何十年振りかで学舎に戻り、若い学生達とともに学んだり遊んだりしているうちに、無表情、無感動といわれている学生達の上にのしかかっているもの、それは受験競争によって色分けされた社会への諦め感から生じているのだろうと思うようになりました。小学校入学時から高校卒業までの間、学生達は「知識の習得をもって全とする」という教育制度の下で育てられ、点数競争に明け暮れ、ゆっくり考えることも、楽しむことも、語り合うこともなく、「勉強」「勉強」と追いたてられています。その挙句、ほぼ高校までの偏差値で社会的な色分け（例えば有名大学、無名大学というような区分）がなされてしまい、その時点で自分の将来展望が見えたと錯覚しているのが実状です。実際に卒業校によって会社や仕事の選択の幅が極端に異なってくるのも事実です。偏差値ではじき出された学生達は閉塞された社会の中で全く展望が見えず、表情には出さないものの心の中では悩み苦しんでいるのだろうと解釈しています。

先生は本の中で教育というのは「自立するための道を教えるもの」と述べられていらっしゃいますが、私も全く同じに考えます。知識の習得は一生涯続くものであり、一二年間の教育期間で終了するものではありません。先生、自立の道は机の上には描かれていない。自分の足で歩いて探せ」と先生のウォームハートで説き、今、学生達が感じている閉塞感を取り払ってあげてください。

先生、私は五〇歳の誕生日に「人間として生まれて来て、この世に何が残せるか」と真剣に考えました。死ぬ瞬間に、「お前も良いことをしたじゃないか」と自分を誉めることが出来たら幸せだろうな、という思いもありました。幾つかの選択肢の中から留学生の面倒をみることを決意し、全く見ず知らずの中国の女子学生を我が家に家族として迎えました。九年間の留学期間中の学費をはじめとする一切の経費は私が負担しました。彼女は今年、中国に戻って行きましたが、帰りぎわに私は彼女に言いました。「もし私や日本人に感謝の気持ちを感じてくれたら、次の世代の子供達に貴女が出来ることをしてあげて下さい。そうすればお互い感謝の気持ちで結ばれますよ。」彼女は答えました。「中国とか日本とかではないハートとハートの結びつきを学びました」、と。先生、今度彼女が日本に来た時、彼女に会ってあげて下さい。「日本にもこんなハートの熱い先生がいるんですよ」と彼女に自慢したいのです。

（K．U．）

（一八）「心を捨てろ」と

先生お元気ですか。『総理に忠告す』拝見いたしました。私はこの本によって、大学の講義の時とはまた違った先生の一面を知ることができました。何より私が興味を持ったのは、先生の教員以外の面、農家をしている姿です。しかし趣味で農業をしているわけではなく、仕事として本格的にやっているのですね。先生の「百姓と教員とは、共に地球上に育まれた生命を大事に育てることを仕事としているという面で、あまり大きな違いはない」という言葉は、とても印象的でした。確かにその通りだと思いました。ただその対象が「人」か「モノ」かの違いなのですね。しかし「モノ」だからと言って粗末に扱っていたのでは、うまく育たないという。やはり両者共、「心」を込めて育てるからこそ、それがそれぞれの対象に伝わり、結果として表れてくるのですね。私にとって、「大学受験」はとても大きな出来事でした。高校三年生の春に予備校に入りました。先生が私達生徒に最初に言った言葉は、「この一年間、心を捨てろ」でした。私は驚きました。〝そこまでしなければならないのか？〟と、疑問さえ抱きました。しかし勉強、勉強の日々が続き、私は自然と「心」を失っていきました。つまり「人間らしさ」を失ってしまったのです。受験直後に撮った学生証の写真を見ると、やはり目が死んでいて、今でも見る度に思い出して心が痛みます。あの頃の自分を「可哀想」とさえ思ってしまいます。もちろん勉強も大事です。学問があってこそ、今のように世の中が発展してきたのだし、これからも発展していくべきです。しかし、私達は「ロボット」ではないのです。「人間」なのだから、先生のおっしゃるよう「頭」だけでなく、「心」もともに育てていかなければならないのです。基本のようで、そんな大事なことを今の世の中の人々は忘れがちです。先生は私を含め、多くの人々にそのことを改めて気付かせてくれました。有難うございました。

（R．O．）

（一九）涙がこぼれそうに

先生、お元気ですか。『総理に忠告す』を拝見いたしました。私は、前半の経済に関する先生の考えや行動力は素晴らしいと思いました。そして、私は特に、本の後半の、先生の心の暖かさが伝わってくる文章を読んで、感動しました。阪神大震災の時の、先生の被災者の人達に対しての努力にやさしさと強さを感じました。あと、私が一番印象に残った文章は、以前、授業で先生が取り上げたことのある「遠い春」です。私は一人でこれを読んでいた時、涙がこぼれそうになってしまいました。というのも、この文を読んでいた私自身、大学に入学してから何度も落ち込んでいたことがあったからです。だから、文の中のO君の気持ちが少しばかりですが、私にはわかる気がするのです。気持ちが沈んでしまうと、先生の書かれたように、本当に出口のないトンネルに入ってしまった感覚になるのです。そして、相談できる人がいないとずっと心は晴れないままになるのです。O君にやさしく一生懸命に接していた先生の言葉と文章は、本を読んでいる私自身の気持ちまで、暖かくしてくれました。

（Y．N．）

（二〇）嫌いな人の話も聞かなくては

拝啓　銀髪先生

『総理に忠告す』拝見しました。私は、こんなに生徒のことを考えてくれる先生がいるということに感動しました。すごくうれしくなりました。先生の、奨学金として学生にお金を貸し、それによって、内需拡大し、学生も優れた人材に育つという案は、本当にすばらしいと思います。先生の「総理への手紙」に書いてあることを実行すれば、日本経済は本当に良くなると思います。小泉総理にも、この本を読んでもらいたいくらいです。最近は、福原先生が総理になればいいのではないかとさえ思っています。

先生からは、経済のことのみでなく、人間として、人生について、様々なことを教えていただいています。先生の話を聞いて、考え直すことがたくさんありました。先生はこの間、「自分が嫌いな人の話も、ちゃんと聞かなくてはいけない。」とおっしゃっていました。私は正にその時、そういう状況にいたのです。サークルの話し合いで、「この人とは、本当に意見が合わないし、何を言っても無駄だろう。もう、この人とは話をしたくない。」と思っているところでした。しかし、先生から、この言葉を聞いて、自分でも反省し、考えを改めました。これからも、先生から、いろいろなことを学び、心の豊かな人間になっていきたいと思っています。

（Y・S・）

（二一）御不自由な手で「何度も書いて・・・」

『総理に忠告す』拝見致しました。まずはじめに目についたのは、先生の親しい友人の一人である伊藤繁明さんが書かれたウォームハート宣言でした。はじめに見た時は、「くせのある字だけど、なにか心に響く字だなぁ」と思っていましたが、付記を読んで、はっとさせられました。不自由な手で、「何度も書いてみましたら、その精神が良く理解できました。」とおっしゃった伊藤さんにも、ウォームハート宣言をした福原先生にも、とても感動しました。戦後日本の教育が、知識偏重の傾向にあり、大人も子どもも自己本位で他への思いやりを失いかけている。たしかにそうだと思います。でもそれをまわりに呼びかけることは今までほとんどの人がしていなかった気がします。「勉強ができる奴よりも心の広い温かい人間になりなさい。」この言葉はウォームハート宣言をなさった先生がおっしゃるので、とても説得力があり、心に響きました。

総理への手紙の中で一番印象に残っているのは、教育国債（仮称）を発行し、教育投資で内需拡大を図ろうとおっしゃったことです。日本経済の立て直しについて総理に直言するだけでなく、将来を担う子供達にとっても、とてもすばらしい提案だと思いました。私自身、学生であるので一番内容的にも興味がわきやすかったというのもあるのですが、実際アルバイトに追われる毎日で、寝不足になり、次の日の授業に遅刻をしてしまうということがよくありました。なのでこの提案はいつか実現されればいいなぁと思います。

あと、「義を見てせざるは勇なきなり」の話も心に残りました。酔っぱらいが女性につきまとっていた時、助けたのは日本に来たばかりの米国人だった。最近こういった話をよく聞く気がします。これも日本の教育制度の影響で自分本位な人が増えたことによるのでしょうか。もっと日本にウォームハートを持った人が増えたら・・・と思わずにはいられません。そして私はウォームハートを持った人間になりたいと思います。

最後にこの『総理に忠告す』を拝見して、授業を受けているだけでは分からなかった先生の人柄、考え方、特に子供達に対する考えがよく理解でき、経済学史という授業をとったことよりも、先生にお会いできたことを嬉しく思います。ゼミの合宿で富浦に行った時、先生が私達にはっさくを差し入れで持ってきてくださり、勉強で疲れた体がとてもすっきりしたのを覚えています。私もこれからは常にウォームハートを持てるように、他人を思いやれるように毎日を過ごしたいと思います。

（K．S．）

駒澤大学経済学部ウォーム・ハート宣言

（創立五〇周年記念宣言）

駒澤大学経済学部は、創立五〇周年記念に際し、戦後五〇余年の日本の教育が知識偏重の傾向を有し、ともすれば自己本位の人間を育ててきたことに思いを致し、次の半世紀、経済学の原点に立ち帰り、以下のような理想をもって次世代教育にあたることを宣言致します。

一、駒澤大学経済学部は、
冷静な頭脳と温かな心を持った若者を育てます、

一、駒澤大学経済学部は、
冷静な判断力と他者への愛情を持った若者たちを育てます、

一、駒澤大学経済学部は、
社会の矛盾に目を閉じることなく、常に社会的弱者
への思いやりの心を持った若者を育てます。

一、駒澤大学経済学部は、
人間の理性に信を置き、とりわけ、すべての生命に
畏敬の念と慈しみの心を持った若者を育てます。

一、駒澤大学経済学部は、
経済学を通して、頭脳と心・知性と精神の全人
教育を目指します。

創立五〇周年記念事業　実行委員会
「起草　福原好喜　　書　伊藤繁明」
平成一二、一二、二一

（伊藤繁明さん揮毫・「ウォーム・ハート宣言」、伊藤さんは本年九七才になられる）

（一二）自分がどうありたいかを見きわめ

銀髪先生

『総理に忠告す』拝見致しました。本のタイトルを聞いたとき、すごくオカタイ内容なのかと思ったのですが、実際に読んでみて、私の頭の中に思い描いていたものとは異なり驚きました。この本には福原先生自身のことが書いてあり、大学の先生ともなると、教場で授業を受けるだけの関係で、人としてどのような人なのか、どんな考えを持っているのかなどはわからないものだと思っていた私は、先生の考え方や人柄を知り、こんなにいろいろなことに対して熱心に接している先生がいるこの大学に入学してよかったと思いました。また、この本を読むまでは、駒澤大学のウォームハート&クールヘッド宣言について知らなかったのですが、このウォームハート&クールヘッドの考え、とてもよいと思いました。今の世の中は知識を与える場所はとても多いし、実際に、知識をもった人が多いと思います。しかし、知識のみを山のように持っているけど心が貧しい人、冷たい人が多いというのも、今のこの日本では現実にあると思います。私は、どんなに知識や教養を持っていても、人として温かみのある、人に対してやさしくおもいやりのある心で接することができる人間でなければいけないと思っています。もちろん、ある程度の知識も必要ですが・・・。やはり、知識だけがあっても人間としてさみしい気がします。なのでこの宣言や先生の教育観を知り、共感し、とてもうれしく感じました。そして、大学に入学した時の、人として教養を高めると同時にやさしい気持ちや他人の立場に立ってものを考えられる人になろうという気持ちを思いだし、初心を忘れずがんばろうと思いました。

この本を読み終え、私は気持ちの面ですごく充実し、感動しました。他人にどう見られるかではなく、自分がどうありたいかをしっかり見きわめ、大学四年間をみのりのあるものにしようと思います。ありがとうございました。

（T．A．）

（二三）今更・・・

先生お元気ですか。『総理に忠告す』拝見致しました。まず最初に先生の大学外の活動が様々であることに驚きました。前々から講義の中の話に出てきていましたが、こうして本にしてあるのを見ると改めてそう感じました。また、そのような活動の中に、本来人間がやってきたことで、都会住まいの現代人が忘れかけているもの、生きるとはどんなことなのかが見えてくる気がしました。

この本の中にもあり、講義中の印象が強かった東大蓮實学長への手紙について書こうと思います。東大学長の式辞を本で読んだ後に再度新聞で読み返してみました。率直に感じた気持ちを文にすると、どこかの局の夕方のニュース番組で、区や市の行政が不都合をレポーターに詰め寄られたときの言い分けを見た時と同じような気持ちがしました。この学長が、日本で一番の大学のトップなのかと考えると、その選出は正しかったのかと思ったほどです。私は何かそれぐらい納得のいかないものでした。

今朝のニュースでちょうど東大が出ていたので目を止めました。ナントそのニュースは次のようなものでした。東大の女子トイレでカメラが発見され警察ざたになり、中にはトイレに入って一時間半も出てこなかった学生も目撃されている、ということです。まさに「人間としての理性や徳性、良識や良心の欠落」です。この事件に対し、蓮實学長は「怒りと責任」を感じるとコメントしていましたが、式辞に違和感を持っていた私としては、今更・・・という感じがしました。

（T・T・）

（二四）朗読するだけのような

福原先生、お元気ですか。『総理に忠告す』拝見致しました。先生のように教育・社会・経済・自然などに対し、自分の考えをしっかり持ち、それに見合うだけの能力・知識を兼ね備えた教師を見たのは初めてです。先生こそ政治家になり、日本を良き方向へと導くことができる人物なのではないでしょうか。日本の政治家には演説力が足りないと言われています。原稿をただ朗読するだけのような演説では何も伝わってはきません。彼らの演説には人の心を動かすだけのスピリットをまるで感じることができません。しかし、先生の授業でのお話には心に直接訴えかけてくるようなパワーがあります。これこそが人を導くことができる要素だと思います。このような力強さを持ちながらも、自然を愛し、コスモスを育てて、人々にやすらぎを与え、そして子供達とふれあいを持つという優しさや温かさを持っている方は多くはないと思います。

「ウォームハート・クールヘッド」、この言葉、まさに先生ご自身のように思えます。先生の講義を履修して本当に良かったと思います。そしてこの度、拝見させていただいた『総理に忠告す』、この本はこれから先も大切に自分の手元に置かせていただきます。

（T．N．）

(一一五) 自分は何をかえせるのか

拝啓　銀髪先生

『総理に忠告す』拝見致しました。奨学金を無利子にし、家計を圧迫している教育費をとりのぞいてあげると共に、この、いわば〝国にした借金〟を、親に支払わせることなく、本人自身で働いて返す。先生の「成人式を過ぎた大人が親にまだ教育費を出させるのは自然の摂理に反している」という一文に、反省させられました。今の日本は、物であふれています。若者は、親の働いたお金で自由に生きています。きれいな水を飲み、きれいなおふろに毎日入り、きれいな洋服を着、おなか一杯のごはんを食べ、きれいなふとんで寝る。書ききれないほどの自由と豊かさを持ち、しかもそれは与えられたものです。日常生活で常にそのような事を考え、親への感謝を常に胸に抱いて生活している人は、きっと皆無です。私もその内の一人です。でも、この先生の書いた本を目にすると、その一番大切なことを思い出します。片道何時間もかけて通勤する会社にもう何十年も勤務している父と、家族全員分の食事や洗濯、その他のあらゆる雑事に、私や兄弟が生まれてから何十年も、それをくり返し行なってくれている母に、自分は何がかえせるのか？私は今まで両親の恩を忘れて生活していました。

（M．S．）

（二六）半分だけ分けて・・・

拝啓　銀髪先生。先生の書かれた『総理に忠告す』読ませて頂きました。私は、先生の書かれた本を読んで素直に思ったことは、よくも当時の橋本総理に対して堂々と自分の意見が言えたものだということでした。これを一言で述べるとするならば、銀髪先生、先生はすごい方ですね。もしも、私が先生の立場ならば、あれほどまでに堂々と自分の意見が言えるでしょうか。おそらく私には、そこまでの自信も勇気もありません。先生のその堂々とした態度には感服いたしました。それより何よりも、エコノミストの高橋乗宣氏と同じ意見になってしまいますが、九七年末の時点で日本経済の危機突入を予測していた先生の先見性には驚かされました。その時点で早くも橋本総理に対して政策の変更を求めたということはかなりの勇気がいったことと思われます。銀髪先生、やはり先生はすごい方です。頭が上がりません。先生のその勇気、半分だけでも私に分けてほしいと思うほどです。

総理以外に宛てた手紙も私の心の中にジーンと響くものば

かりでした。というのも、正直言いまして、先生の講義が始まって以来、経済学史の授業内容とはかけ離れた講義内容に個人的には疑問を抱いておりました。しかし、先生の書かれた本を拝読しまして、その疑問もどこか遠くへふっ飛んでいったような気がします。この本も、先生の講義も、いずれも「ウォームハート」へつながっていたのですよね。そのようなことも露知らず、先生の講義は何なのだろうかと疑問を抱いていた自分が何だか恥ずかしくなってしまいました。「人は如何にして生きるべきなのか」というような経済学とは一見ほど遠いと思われるようなことも、先生の本を拝読いたしましたら、なるほど、つながっているのかもしれないなと感じました。先生は経済学という名を借りて人間の生き様についても述べられていらっしゃるのですね。

先生の書かれた本の中にはコスモス街道のお話がありましたね。実は私の住む市の花もコスモスなのです。先生のやっていらっしゃるような二・五kmのコスモス街道とまではいきませんが、こちらもこちらでかなり綺麗な花が咲くのですよ。しかしながら、二・五kmのコスモス街道もかなり美しいのでしょうね。歩けど歩けど薄ピンクのコスモスが道端に続いている、何だか心が癒されますね。

先生の本を読み終わったとき、何だか心がホッとするような感覚におちいりました。これが何を隠そう「ウォームハート」そのものであるのですよね。私もこれから先、生きていく中でイライラすることや頭にくることがあると思います。そのような時は、先生の書かれた本の内容を思い出して、焦らず、急がず、温かい心を大切にして何事にも取り組んでいきたいと思っています。

（T．Y．）

（一七）もう沈没しつつあるのでは

拝啓　銀髪先生

新緑の候、ますます御健勝のこととお慶び申し上げます。さて、先生が書かれた『総理に忠告す』を読みました。私は今年初めて先生の授業を履修します。一、二回授業を受けただけでは先生の人柄を感じることはできても、どのような活動をされているかは知ることができません。それが、今回知ることができました。先生の熱のこもった話し方は、声を壊されるということになってしまったようですが、それほどの話しをされるのは、先生が色々なものに対して強く想いを込めていらっしゃるからなのだと思いました。先生が教場におしかけるたくさんの履修希望者に対して、できるだけたくさんの生徒が先生の話しを聞けるようにされている姿を思い出しました。先生は、学長に直訴されていると話していらっしゃいましたが、この話は私の心を暖かくしました。そこに先生の教育に対する真剣な姿を見ることができたからです。そんな先生と出会ったのはとても喜びです。そして、高校生の時にお世話になった担任の先生の熱意を思い出しました。大学に入学してから、学生と近い立場に立って教育のこと、生徒のことを考えてくださる先生はいませんでした。私は先生の授業の一つに出席しているだけの学生ですが、こんな先生がいるのかと思うと、心強くなります。大学というものに失望しなくなるかもしれないと思いました。まず、総理に対して、恐れることなく、しかし敬意をなくさずに書かれている様子におどろきました。橋本元総理の政策が失敗した後、続く総理も不況に手を打つことができずにいるのは何故でしょうか？　先生が具体的な案を出されたにもかかわらず、何も学ぼうとしない歴代総理は日本をどこへ導びこうとしているのでしょうか？　私は現在の総理に期待していました。何かやってくれるような気がしたのです。しかし日に日にその期待はうすれてきました。完全失業率はどんどん高くなり、どんどん倒産のニュースが増えてきました。「痛み」だけの政策という感じがします。私のような一国民がそう感じているのです。先生はもっともっと感じていらっしゃるのではないのですか？　今の日本は、船体が水面にありますか？　もう沈没しつつあるのではないかと思います。

先生の教育というものに対する考えに、共感をもちました。私も勉強は自ら行うもので、周りの人からやれと言われてするものではないと思います。特に、大学生はそうです。学部・学科にわかれ、専門的なことを学ぶ。毎日、毎日、興味あることについて学んでいる学生に対して「勉強しろ」と言うことは、ばかげていると思います。授業で学んでいるから、それでいいというものではありません。私は学生が自分のために、自ら勉強するのは当然だと思うのです。テストのための勉強ではなく、知識を身につけ、心を磨き、そこから多くのことを吸収したいと思っています。先生の授業からは、そのようなことができると思います。まずはじめに、Warm Heart & Cool Headを心がけていきたいと思います。

（T．N．）

（一八）平民百姓の立場から

「田舎の夏休み」の子供たちとの写真を見てこの本は慎重に読もうと思いました。私の頭の中の「大学教授」というイメージとは全く違っていました。普通のおじさんだと考えても全然おかしくないほどの一人の大学教授でした。読み始めて私の心が強く打たれました。何が打たれたのか、はっきり言葉で表現できないけど・・・とにかく頭から心までリフレッシュされた気がします。私も多くの留学生の中の平凡な一人として先生の授業を受けるようになり、今から、いや、この本を読んだあの瞬間から一年間しかないこの授業をまじめに受け、人生の師として先生の教育を受けたいと固く決心しました。

先生のある言葉が印象に残りました、「私は教員が農民になったのではなく農民がたまたま大学で職を得たに過ぎない。」という言葉でした。先生は私たちの立場から総理へ直言し、平民百姓の立場から総理へ直言し、自分の国を守ろうと直言しましたよね。これが先生が先輩たちに伝えた「勉強ができる奴よりも心の広い温かい人間になりなさい。」というフレーズでしょう。先生がおっしゃったのは間違いなく自分自身が出来ていることであるのでしょう。まだ二回しか授業を受けてないけど、この本の「学生からのメッセージ」を読んで驚いたんです。先生のパワーが大勢の学生たちの心を動かしたのが。

表現力が弱い私にとって、内気なわたしにとって以上は決してお世辞ではありません。ただどうしても言いたい事、今現在頭の中で浮かんでいることを書いただけです。
今からもずっとうちらの味方でいてください。私も心の広い温かい人間になりたいです。

（R．K．留学生）

（二九）ラーメンとケーキの違い

拝啓　銀八先生へ

今現在、日本の経済は失速局面、つまり不景気に陥っているという事はここ数年、新聞でもテレビでも強く言われています。しかし私はまるで他人事のように自由気ままに生活しているというのが現状です。経済は国民一人一人に関わっている問題であり真剣に考えなければいけない事である、先生の執筆した『総理に忠告す』を読んで改めてそう感じました。一度だけではなく二度、三度と総理に手紙を出し、例え返答がなくても少しでも日本経済を向上させようとした先生の熱意が感じられました。手紙の中で、「改革は痛みを伴なう」という言葉に対しての「それは健康な人に言うことで、あばらを折った人間に言うべき言葉ではない。」という先生のお言葉が印象深かったです。

農業が衰退している現在の日本、飽食ボケをしているといわれています。だから食料が無くなった時、私達はパニックを起こすでしょう。平成五年の米の凶作による大パニックの映像はよく覚えています。備蓄の大切さを思い知らされた天災は私達に対しての何かの忠告だったのでしょうか。某大学教授が言った「米が無ければラーメンを食べればよい」とマリー・アントワネットの語ったとされる「パンが無ければケーキを食べればよい」、両者の時代を超えて同じ意見とそれに対しての先生の軽い突っ込みには笑ってしまいました。この本では教育についても沢山書かれていました。日本と西ドイツの教育方針の違いも初めて知りました。先生のお子様に対する教育にも強い信念を感じました。子供に自立心を高める教育は実はとても大変な事だと思います。「勉強せよ」を言わないのも強い信念があるからだと思います。「言わなければ、もっと勉強しなくなるのではと思ってしまい、つい言ってしまうのだ」と私の母は言っていました。という事は私は信頼されていなかったのでしょうか・・・。という疑問は気がつかなかった事にしましょう。

先生の授業をとってまだ二度ほどしか授業が行なわれておりませんが、先生の授業はすごく熱意があると思います。それは本に書かれている教育信念に基づいているからなのだと思いました。まだまだ続いていきそうな日本の不景気時代を生きていかなければならない不安を感じながらも、経済の事について何も知らない自分の無知を少しでも先生の授業で学ぶ事ができたら光栄だと思います。そして「人は貧しくても不幸にならない。心貧しき事が人を不幸にする。」という最後の先生のコメントに感動しました。社会の中で弱い立場にいるものに対しての思いやりの心こそが大切なことなんだと私も感じました。生意気なのかもしれませんが、これから先の日本がどれだけよいものになっていくかは若者一人一人の心がけなのではないかと私も思います。

(S.S.)

（三〇）侍魂たるもの

福原先生お元気でしょうか？『総理に忠告す』拝見させていただきました。私はこの本を読んで、福原先生の考え方や人間性に深く共感致しました。我が国、日本を思う福原先生の愛国心の深さに敬服しました。今の日本の学生には愛国心も薄く、自己主張すらしない傾向にあります。私も恥かしながらその部類に属している人間でありましたが、福原先生の『総理に忠告す』を拝見して自分の人間としての器の小ささを自覚させられました。福原先生の様に例え、相手が総理大臣であっても自己主張をする、権力に屈しない精神にある種の「侍魂たるもの」を感じます。私も含め、多くの学生は人間関係においてあまり自己主張をしません。それは自己主張をする事による回りとの価値観の違いや自己主張による回りからの孤独を過剰に意識するからです。自己主張によりそれによって発生するリスクを背負うぐらいなら、自分の意見も考え方もおし殺します。自分を殺しているのです。しかし福原先生は自分をしっかり持っておられ、例え誰であろうと自己主張は、はっきりと伝える、あくなき精神を持つ人物であるとこの本を読んで感じました。私もこうありたいものだと、この本を読んで思いました。そしてここまで他人に影響を与えられる人もそうはいまいと思います。そして福原先生の教育への思いも、若者への教育投資の提案により感じられます。学生の事を親身になって本気で考えていてくれている事へ感謝の念さえおこります。それと同時にその気持ちにあまり応えていない日本の学生（私も含めて）の無知さと問題意識の低さに羞恥心を持ちました。

先生のおっしゃるとおり、今、我が国日本は飽食で平和ボケしていると思います。他国にあまりに頼りすぎ自国の農業を軽視している様です。福原先生の農業衰退への悲しみを私も少なからず感じております。私はこの夏休みを利用してアジアの貧しい国を点々と訪れました。そこでは貧しくとも一生懸命に生きる人々が存在していて、先生のおっしゃるとおり、「人は貧しくとも不幸にならない。心貧しきことが人を不幸にする」と感じました。そして一生懸命に生きなくてはいけないと実感しています。物質文明に溢れ、無駄に浪費する事を覚え、惰眠をむさぼる日本を心より案じます。最後になりますが、福原先生もなにとぞお体に気をつけてください。そして高い志をいつまでも持ち、我々生徒にご指導のほど、改めてよろしくお願い致します。

（Y．T．）

（三一）ストーカー行為を受けて

ウォームハートについて述べたいと思います。この本には、日頃授業では語られないエピソードも多々含まれており、大変興味深く、夢中になって読みふけりました。すると、本を読み終えると同時に心の中がじんわりと熱くなり、熱いものがこみ上げてきました。それは先生が「教師」としての立場からではなく、一人の「人」として、生徒という一人の「人」と向かいあっていらっしゃるというところです。中でも特に印象深く残っている所は、「真面目の不徳」、「遠い春」、「最長不倒記録」に代表される精神的に病んでしまった生徒に対しての先生の温かいケアです。私は、今までこんなに一生懸命生徒に耳を傾けてくれる先生に出会ったことはありませんでした。現に私も高校時代ストーカー行為を二年にわたり受けたことがあり、人間不信となり、学校にもあまり行けなくなってしまった時がありました。思いきって担任の先生に相談してみましたが、相談室で泣き続ける私をあきれた顔で見下ろし、「お前にも悪いところがあるからじゃないのか。そんなに困っているなら警察に行け。」とだけ言い残し、去っていった先生の顔は今でも鮮明に焼きついています。その時から学校なんて何の力にもなってくれないんだ、と学校に対して軽蔑するようになっていきました。もしもあの時、福原先生に出会っていたら、今の私はもう少し変わっていたのではないかと思います。けれどもこうして大学生になった今、先生と出会えたことに感謝しております。これからも駒澤大学の「銀八先生」として、熱い講義をお願いします。

（T．T．）

（三二）一おじいちゃんとしてのライフスタイルを

先生お元気ですか。『総理に忠告す』拝見致しました。本書を買った学校帰りの電車内で最後まで読み終えてしまいましたが、恥ずかしながら途中で涙がでそうになりました。嘘だとお思いになるかもしれませんが本当の話です。僕の座席の前に座る女子高校生にそんな恥ずかしい所を見られまいと、何度も本を閉じて、改めて読み直す、という作業を続けていたのを思い出します。何故それほど感動したのかは分かりません。でも、自身が大学生という身でありながら、大学の存在意義や人間関係に少なからずジレンマを抱えていた僕にとっては、先生の行動力や発する言葉が本書からストレートに心に強く響くものがありました。実は僕はあまり学校に来ていません。一年の時もあまり単位をとっておらず、このままだと本当にヤバイと思っています。別に大学に行きたくないという事ではないのですが、時々大学に何故、何のために通っているのか、真剣に考える事があります。目的意識をもっている学生もいると思います。でも大半の学生が僕と同じように考えていると思います。大学に通いたくても経済的事情や諸事情で通えない人がいるというのに・・・。先生のWarm Heartの精神は勇気ある行動力に裏付けられていると思いました。先生の行動は大変な勇気が必要です。ともすれば、スタンドプレーに見られがちで、「ウザイ」とか「おせっかい」などと言われてしまいがちだからです。ですが先生の場合、生徒のために、弱者のために、何より正義のために思い立ったら即行動する姿に感服します。

最後に、本書を是非、両親にも薦めてみようと思いました。普段、ほとんど本を読まない両親がどんな反応を示すのか、少し楽しみです。この本から、先生の講義での情熱や個性を読み取ってくれたら僕もうれしいです。先生が一エコノミスト、一農民、一おじいちゃんとして社会のしがらみに縛られながらも自由に生きるライフスタイルをうらやましく思い、僕もこんな風に歳をとれたら幸せです。

（K．K．）

（三三）あたり前のことをしているだけなのかも

先生、お元気ですか。『総理に忠告す』を拝見致しました。先生の熱意が強烈に心に残るような内容でした。中でも、最も心に残ったことは、生徒の厳格な父親とのやりとりのお話です。先生は何もかも見通しているように思えます。生徒の苦しみ、つらさをしっかり見通し、自分のことのように考えてくださる先生の温かい心に感動しました。人間には誰にでも優しさ、温かい心はあるのかもしれません。でも、先生のように「困っている人のために、たとえどんな場合も我が身を捨てて助けにいく」、なかなか誰にでもできることではないと思います。だからこそ、先生を心底尊敬します。父親に向かって言った「大学のことは我々が責任を負います。家庭のことはあなたが責任を持って下さい。」の一言。私にはとても勇気がいる一言だと思えます。温かい心だけでは人は助けられない。だから、先生のように誰より温かい心と勇気をもっている先生は素晴らしいと思います。私は勉強が出来るとか出来ないとか言う前に、人間として他人に対してどれだけの事をしてあげられるか、先生の他の体験談からも考えさせられました。なによりも素晴らしい人間とはどんな人間なのか。答えは先生しか思い浮かびません。先生はきっとあたり前のことをしているだけなのかもしれません。でも、あたり前のこととは何でしょう。大人はみんなあたり前のことをしているのでしょうか。

絶対していません。あたり前のことができない世の中だからこそ、先生のようになりたい、見習いたいと尊敬もするのです。そして、学生達を魅了するのだと思います。授業でも、他ではないほど情熱的で、一限でも朝起きるのが苦にならないのは先生の授業ならではだと思います。そんな人情味溢れる先生だからできる授業なんだと思います。私はいつも授業を受けるたびに、成長できた気がします。毎授業毎授業考えさせられ、温かい気持ちになったり、悲しくなったり、色々な気持ちにさせられます。一授業でこんなに奥深い授業はなかなかないと思います。だから私にとってこの本と授業と先生は特別です。この本と授業と先生に出会えたからこそ、ただの大学生にならなくてすみ、少なくとも先生までにはいかないものの、少しは温かい、困っている人を助けたい気持ちを持った人間に近づいた気がします。先生には、これからも元気に『総理に忠告すⅡ』を出すぐらいの勢いでがんばっていただきたいと思います。そして多くの学生が感動している今の授業を続けていってほしいと思います。

（E.I.）

（三四）五時半に起き、二時間かけて・・・

先生お元気ですか。『総理に忠告す』拝見致しました。普段、本などあまり読まず、読んでもすぐ飽きる自分が久々に読みいってしまいました。日本の経済の危機の際には、だれよりも早く日本の経済の危機に気付き、橋本総理に手紙を書いてしまう行動力、阪神大震災の際の被災者に対する思いやり、そして最後に先生の熱い気持ち。そのようなものが十分に伝わってくる一冊でした。

まずはじめに教育に対する先生の考えに共感しました。受験戦争というものを体験してきた者の一人としてこの部分は目がとまってしまいました。日本の教育システムほど子供達にプレッシャーを与えているものはない。全てが得点だけで、それ以外の事は関係なし。今まで短いながらも勉強してきて、楽しいと思ったことは一度もない。それと個性、個性と言われているはずなのに他の人と異なった事をすると怒られ、結局は画一的になってしまいそれぞれにある良い部分を潰してしまって、人間的につまらなくしているんではないかと思う。先生も普通のサラリーマン化していて人と人とのつながりもなく、生徒も先生に勉強だけを教えてもらえば良いと思っている位である。しかし福原先生の授業は先生が真剣に生徒に気持ちをぶつけてきてくれて初めて授業が楽しいと思った。

次に阪神大震災の先生の行動力と被災者に対する先生の思いやりに感動した。自分もこの事はよくおぼえているし、かわいそうと思ったが、何かしてあげるという勇気と行動力は自分にはなかった。しかし先生は田舎へ帰ると連日ミカン山に行き、そのミカンを被災地におくるという思いついたらすぐ決意し、行動にうつす、そんな先生の行動力にはおどろかされます。そのミカンは被災者にとっておいしく、あたたかいものであったであろう。そしてさらには、募金活動を自ら行い、受験生の受験料、入学金、授業料の免除を理事会にかけて欲しいと学長に申し入れるなどその行動力にもおどろかされた。

そして最後に授業での先生にもおどろかされている。自分はこの授業に間に合う為には朝5：30に起き6：30の電車に乗って二時間かけて学校まできています。正直朝がつらくて休んだ事もありました。しかし先生の授業は他の先生にはない熱い心で生徒によびかけている。先生の姿勢には二時間かけて、目をこすりながらも受けたいと思う気持になります。本を読んでいても先生のやさしさ、ぬくもりを感じるし、時には厳しく叱る時も先生の人間味を感じる。この先生ほどWarm Heart & Cool Headいう言葉が似合う人はいないのではないかと思う。

（M．N．）

（三五）今のままで満足しているのでしょうか？

福原先生、お元気ですか。『総理に忠告す』拝見致しました。

この本を読んで、私は本よりも福原先生の人間性や考え方にとても興味をもちました。

私が気になるのは、先生が今までの経験を経て身に付けた知識や力の使い方です。確かに先生は、大学教授として毎回しっかり授業をしてくださっています。ただ、この『総理に忠告す』を読むと、先生はもっと大きなものを見ていると思います。先生は、毎回授業をする私達生徒だけじゃなく、日本国民全体のこと、さらには未来の私達のことなども見ておられると思っています。

そんな豊かな心をもち、また知識や力をもつ福原先生は、現在の一人の大学教授というのに満足しているのでしょうか。私は、自分の意見を総理大臣にぶつける福原先生の行動力や勇気は、私には決して真似できない、すごいものだと思っています。だから余計に思うのです。豊かな心、豊富な知識、そして強い意志をもった勇気。それらをもった福原先生が、今のままで満足なのでしょうか。もっと大きな舞台に立つことはしないのでしょうか。


（M．A．）

（三六）私はホレ・・・

拝啓銀八先生

『総理に忠告す』拝見しました。日本経済についてと「総理への手紙」について、私は先生の意見にとっても納得しました。消費税が高くなってしまったから物を買う事が困難になり、商品の流れが悪くなるので、このような不況になり、いつ失業するのか分からない状況なのでお金を使わずに貯めてしまいます。これではどんどん経済が悪化してしまうと思いました。また国債発行による内需拡大策について、道路や建物をきれいに整備したりなどの公共事業も必要だとは思いますが、先生の言うように教育投資での内需拡大の案には、とても感動というか、心打たれました。生徒の事を信じ、大切に思ってくれる先生だからこそ、思いつく考えだと思います。

私は、この本にとてもハマりました。参考書としてこの本を買って、ちょっと見ようと思ったら、その夜一時すぎまで読んでしまい、電車の中など、時間があるといつも読んでいました。まだ数回の授業とこの本でしか先生と会っていないのに、先生の経済・教育・農業などあらゆる面に対する熱意がとても伝わりました。自分の事以上に他人のことを気にかけてくれる先生に私はホレました。阪神大震災の時も、すぐに〝何かしよう〟と思う先生の優しさ、日本経済の危機を感じたら、自分の考えを総理に伝えようとする態度など、とにかく、この本、福原先生そのものに感動しました。大学という大規模な組織の中で先生に会えた事をとてもうれしく思います。もっと先生のいろいろな話が聞きたいです。

（Y．N．）

（三七）新渡戸の如き人物が・・・

先生お元気ですか。『総理に忠告す』拝見致しました。どの話も感心させられるものばかりで、時には感動するものも多々ありました。橋本総理や蓮實学長への手紙は、先生の冷静な判断力と自分の考えに対する熱意を感じることができました。他人の間違いを指摘する人はよくいますが、改善方法を言うことができる人は少ないと思います。しかも、それを手紙にして本人に渡すことができるのは先生くらいなものでしょう。しかしながら、橋本総理へ送った手紙の内容が実行されなかったことをとても残念に思います。僕の見た限りでは実に良い政策だと思ったのですが。一市民では正しい事すらも行なえないこの現状に、今までにない悔しさを感じました。この手紙にはとっても感心しましたが、更に感心したのが、先生の教育に対する理念です。「勉強しろとはいわない」、これは、教育・学問の意味を正確に理解しているからこそできる事だと思います。こんな事を言える親は先生しかいないと思います。先生は、「日本の教育界に新渡戸の如き人物がいない」とおっしゃっていましたが、僕は先生こそが正にその人物であると思います。それは、立派な教育理念を持っているとの理由だけではありません。先生の持っている Warm Heartです。僕は阪神大震災での先生の救援活動や、苦労して作られたコスモス街道の話を読み何と表現してよいのかわからないほど感動しました。また、先生が子供たちに書いた手紙を読み、授業の時とはまた違った暖かさを感じ、先生の新たな一面を見ることができました。僕は初めて、人のために生きている、人の幸せが自分の幸せという人に出会うことができたと思います。

この本は、先生の生活を通して、人間としての一番大切な物を教えてくれました。僕は、この本で学んだことを常に心がけ、また、多くの人に伝えていきたいと思います。

（T．M．）

（三八）心の中に入ってきた人

先生お元気ですか。『総理に忠告す』拝見致しました。

読み終わった後、何だか心が温かくなりました。それにしても総理にあれほど堂々とした手紙を送るのはとてもすごいですね。冷静な判断と堂々とした態度に感服しました。私は、本を食い入るように読んでいました。そして先生は熱い人だ、と何度も思いました。

途中に、「コスモス街道」の話がありましたね。私、とてもコスモス街道に行ってみたいです。その二・五kmにも並ぶコスモスはどんなに美しいことでしょう。花は心を癒してくれますよね。「コスモス街道」を見ることができたなら私の今持っている悩み、迷いなどをきれいに洗い流してくれそうな気がするのです。

都会は、とても忙しくて、騒がしくてみんな「生き急いでいる」気がします。本の中にあった、「忙しい」っていうのは「心」が「亡ぶ」って書くんだというところに、私はとても共感しました。私もいつからかこの忙しい毎日の中で自分の大切な心を犠牲にしてきたと思います。しかし田舎はそんな私をやさしく包み、癒してくれます。そして、何だか幼なく、純粋な心を取り戻させてくれます。先生の本は、そういったことを私に、やさしく訴えかけている気がしました。

私は、福原先生と出会えて本当によかったと思います。先生はいつまでもそのままでいて下さい。私は、いままで色々な授業を履修してきましたが、これほど私の心の中に入ってきた人はおりませんでした。そして、先生の熱い授業でいつも多くのことを学ばせてもらっています。先生の授業の熱弁により、私の生活は変わりました。

福原先生とは、もっと早くに出会いたかったです。きっと、中学・高校時代に、先生とお会いすることができていたら、私の人生はもっと変わっていたと思います。

（C．S．）

第十章　父からの手紙

（一）ウォーム・ハートの教育

拝啓。

このたび先生の著書である『総理に忠告す』拝見致しました。

総理に再三手紙を出され、ご自分の考えを伝えるという行為は誰にでもできることではなく、先生はとにかく実行の人との感を持ちました。裏返せばそれだけ日本経済への危機感を持ち、何とかしなくては、との思いが強かったのだと思いました。

又教育者としても大学の教授にありがちな単に知識だけを教える先生ではなく、正にウォーム・ハートそのものの教育をされていることにとても感動しました。

現代社会では我々は元より、特に若い人たちは心の交流が希薄になっているように思います。そしてとても淋しいのだと思います。第三章の「慟哭」は教え子に対する愛情と、彼を救えなかった悔やみが父親のように語られ、実に心にしみました。今どきの大学生が困ったときに、「私のところに来なさい」と手をさしのべてくれる大学の先生が居られるとは・・、なんと心強いことでしょう。やはり先生の地に足のついた生活の実践から生まれるやさしさそのものを感じます。

本を読み終え、何かふわーっとした暖かなものを感じました。ありがとうございました。

どうぞお体を大切に、いつも学生に厳しく、そして暖かく見守っていただきたくお願い申しあげます。

（T．N．）

（二）先生！くじけないで・・・

その日は朝から会社で行われる予定のセミナー「独占禁止法」の書類を読んでいた。夕方、大学生の息子が帰宅するやこの本を読めと云う。『総理に忠告す』。学卒後二十数年、実業界にいる私は、この二～三年この手の本はよく読んだのだがその殆どは役に立つものではなかった。自分の知識のなさか。「またか、この手の本はもういいよ」という私に、息子は「まあいいから読んでくれ」と云う。とにかく読んだ。

九一年頃から続くこの日本経済の危機に一般人の私でさえ政府の政策は後手後手で又、その殆どは正しくないのではないかと疑問を持っていた。さらにその当時、常に日本の経済学者は何をしている、と思っていた。経済学者だけではないが、およそ日本の経済をリードする人たちに対し大いに不満を持っていた。政治家には多くを期待していない、しかし、経済学者は・・・絶望か。「否」。いた。いたぞ！　学生への奨学金の発想、着眼点がおもしろい！　失礼ながらそう思った。六兆円の内需拡大で何が変わるかよくわからないがとにかくいた。はっきり云って安心した。

橋本政権は倒れるべくして倒れ、その後も同様の政権が続いている。日本自ら国際的なリーダーシップを取ってこの危機を乗り越えようという気概に欠ける。その後も先生はこのような提言を続けられているのだろうか？

「今後もこの様な提言を躊躇することなく是非続けて戴きたい」、が私の一市民としての正直な気持ちです。先生！　くじけないで下さい。

（J．M．）

（三）「人は貧しくとも・・・」

日ごろRがお世話になっています。総理への提案は経済学について何の知識も持たない私にも十分理解、納得できるものでした。それから一気に読み進み、特に「自給率の推移の低下」「飽食で平和ボケ」「農業の衰退と過疎化対策」など、普段から気になってはいるものの、何をどうしてよいのか・・・。改めて身につまされました。

日々の暮らしの中で・・・。手向けの花、ハッサク。被災された人々の顔が目に浮かぶようでした。演奏活動などは知っていましたが、「お花」「ハッサク」、いろいろな形のボランティアがあるのですね。

一気に読み終え、日本の将来、これからの日本を担う学生のことを、こんなに心優しく真剣に考えている大学の先生がいることが驚きでした。そして、最初のページに「亡き父と母に捧ぐ」と書かれていましたように、まさしく「ご両親に捧ぐ」一冊であることを痛感いたしました。

いろいろな心に残ることが多い内容でしたが、「人は貧しくとも不幸にならない、心貧しきことが人を不幸にする」、現在の私の胸に、ずっしりとこたえました。数多く考えさせられた貴重な一冊を、ありがとうございました。

（N．N．）

（四）出口の見えない暗黒街に迷い込んで

『総理に忠告す』を拝見し、息子がお世話になっている駒大に、こんなにしなやかな精神の先生がいることに、感動と安堵を覚えたということが、先ず偽らざる感想でした。

先生がこの御著書の中で、言葉を換え、何度も繰り返して述べておられる教育の理念。頷きながら、意を強くして読み進みました。

現在、吹き出る問題は千々に広がり、収拾がつかない状態と、頭を抱えたくなる日々。出口が見えない暗黒街に迷い込んでしまったかのような、重苦しい思いを常日頃から抱えておりました。そんな私の中に、先生からのメッセージが沁み入る様に入り込んで参りました。作物を育てることと、人を育てることとを同次元に置かれ、生命を育てることの畏敬の念を常に持っておられる先生の、教育者として、いえ人としての謙虚さに心打たれました。

学問、知識、技術を偏重する意識から、我々大人が先ず開放されなければいけないと、人の親として、社会の一員として自覚させられました。日々の忙しさの中で、しっかりとものを見据える時間を失ってしまっている自分の生活態度を見直さなければと、気付かされたことも、大きな収穫であったと思っております。

（T．N．）

(五) 涙がポロッと・・・

日ごろN子がお世話になりありがとうございます。私事ですが、パート先より帰ると娘から小包が届いていました。あけると先生の本と他一冊でした。私は父の影響でテレビを見るよりも本を読むことが大好きです。しかし先生の本の題名を見たとき、私に読みこなせるか心配でした。しかし、読み進めるうちにその心配はすぐに消し飛びました。先生のお人柄がにじみ出た文章、涙もろい私は涙がポロッと落ちた部分もあります。

一番心にしみたのは次の部分です。

[被災家庭の受験生諸君へ]

この広告が新聞に載ったらどんなによかったでしょう。何人もの受験生の将来が明るくなったでしょう。本当に残念です。

いるんですね!! 生徒のために自らが先頭になって動いてくれる大学の先生が。感動しました。心があったかくなり幸せです。

こんな素敵な先生のいる大学で学べる娘は幸せ者です。ありがとう。

一気に読み飛ばしたので今度は一語一語かみしめて読み直します。

(N.A.)

（六）自営業者として

拝啓。

福原先生の『総理に忠告す』を拝見させていただきました。先生が橋本総理に出された忠告の手紙の内容を橋本総理が自分の非を認め改める気持ちになって、先生の助言を受け入れて財政政策を改めていれば今のような、不況で次々銀行、保険会社、デパートまでがつぶれ大勢の人がリストラされる事態になりはしなかったと思います。現状を考えるに、国民のためを思い、国民の生活を安定させるべく政策を行う政治家が政府の中に一人もいないと私は思い嘆きます。

先生のように国民のためを思って忠告して下さる方は現代ではとても少なく貴重な方です。これからも頑張って政府に忠告して欲しいと思います。私も自営業を営んでいますので今の不況がいつまで続くか不安に思うこのごろです。

福原先生は大学教師として学生たちに生きていく上での人の道を教えて下さっているのがひしひしと伝わってまいります。

先生の農業に対する想いと共に、日本の農業の衰退していく怖さと、食糧自給が国防の中心であることを教えてくださいました。私はこれほどまでに農業が衰退しているとは知らずにいたことを恥ずかしいと思います。

また阪神大震災でのことで心を痛めておられたこと、少しでも役に立つと思われはっさくを送られたりしていらっしゃったこと、先生のお人柄が伝わって参りました。先生の学生に対する向き合い方をみても本当に親身になって心配して下さっているのがよくわかりました。

例えば、心の病と思われる学生さんと二人で、何も言わず公園を歩いてあげたりなさったことなど、今どきの先生方には福原先生のような先生はいないのではないか、と思われます。これからもうちの娘を含め、学生たちの良き相談相手になってあげて欲しいと思います。

私も先生のご意見や教え方に共鳴するところがございますので、先生の授業を受けてみたいと思いました。

敬具

（A．M．）

(七) 不動産業に携わる者として

日ごろは娘のNがお世話になりありがとうございます。

福原先生のエッセイ集読ませて頂き感謝いたしております。先生の人生に対する前向きで真剣な取り組み方に感激すら覚えました。

経済学者として、日本経済に対しての危惧をときの総理に手紙で伝え、さまざまな提言をするなどなかなかできることではないと思いました。

あまり難しいことはわかりませんが経済活性化の一策として二百万人の学生に六兆円の奨学金という案はびっくりしたり、経済効果が確かにありそうだと思ったり感心しました。

また不動産取引に携わるものの一人として土地の下落こそが、今回の長期不況の元凶であるとのご意見は全くの同感です。売買に伴う譲渡税についても地主が売りしぶりをする一因として三分の一近くを税に持っていかれると考えるからでしょう。

これ一つが改善されたとしても土地取引が活性化すれば建設、建築等経済効果の波及はとても大きいと思われます。

先生のご意見を読みながら、久しぶりに普段はあまり深く考えないで日常の生活に追われていたことを深く思い知らされました。

教育とは何か、子育てとは・・・あらためて考えました。自立させ社会に巣立たせる、失敗したくないと。また忙しく働く毎日の中では難しいと思っていたボランティア活動についても、福原先生を見習って私も近い将来小さな事からでも始めようと思いさだめました。
乱文乱筆で申し訳ありませんが深い感動を覚えたことをお伝えいたします。

（M．H．）

（八）落ち葉散り敷く季節となりました

拝啓。落ち葉が散り敷く季節となりましたが福原先生におかれましては益々お元気でご活躍のことと存じます。

平素は、愚息Rが大変お世話になっております。このたび先生のお書きになった『総理に忠告す—日本経済危機水域に入れり—』拝読いたしました。

高校生の頃は授業のこと、教わっている先生のことなど尋ねても家庭では殆んど話さず、話題はもっぱら本人の好きな野球の話が中心でしたが、貴学に入学し先生の講義を受けるようになってから、講義の内容、先生の人柄・日常生活なども目を輝かせて時々話してくれます。これも偏に福原先生はじめ多くの諸先生方のご指導の賜物と感謝している次第です。

先生の著書『総理に忠告す』は、文体・着眼点とも明晰にして飽きさせず、読者に感銘を与えるすばらしい本

でした。各章エッセイ全体に一貫して脈々と流れている最も顕著な特性はヒューマニストとしての精神・視点であり、それが物事を判断する基軸となっているのだと思いました。どれもこれもすばらしいエッセイでしたが、その中でもとりわけ「牛の涙」「大盤振る舞い」は、私の心の琴線に響くものがあり、読み終わった後も余韻を噛みしめております。すばらしい本と出会うことができありがとうございました。

まずはお礼かたがた感想まで。

敬具

（H．N．）

（九）大学を去る若者を考え・・・

日ごろYがお世話になりありがとうございます。本は好きなのでジャンルを問わず読むほうですが、息子から本を渡され、「読んでみる?・」と尋ねられたので手にしましたら、タイトルが物々しいので構えて読みました。読み進むにつれて当たり前のことを、当たり前のこととして書かれていることに、誠にもってその通りと頷きながら読んでいる自分に気がつきました。正直経済のことはよくわかりませんが、第一章　憂国の章で先生のとられた行動に惜しみない拍手と共感を覚えます。と同時に先生の経済の大局を見る目のすごさに尊敬の念を抱いております。当時の総理が先生の言葉に少しでも耳を傾けていたら、今一般消費がここまで落ち込まずに済んだであろうと思うと残念でなりません。トップに立つものの責任と行動がいかに大切か考えさせられます。

息子の友人が経済的事情で一学期半ばで大学を去りました。話しを聞いてひとごととは思えず、先生のお考えである（四）「教育国債」発行による全学生への無利子貸与奨学金があれば、志半ばで去ることもなかったろうにと胸をいっぱいにしております。本当に学びたい者が安心して学べる世の中になったらいいなと願わずにいられません。

人は正しい知識、知恵にもとづいて正しく判断し行動できることが大事と思います。その正しい知識を養い、見聞を広めるための大学であってもらいたいと思います。そして勇気ある行動を取れたら文句なしにいい。現実は社会全体がそういうほどやさしいものではなくなってきていますが、自分でできることから始めていこうと考えています。先生の本を読んで以上のようなことを思いました。物の見方、考え方が少なからず同じことにハートを熱くしております。先生の下で学べることが息子にとってどれほどすばらしいことか感謝します。

最後に「どぶろく解放同盟」ぜひつくって下さい。

（N．D．）

（一〇）〝会社を辞めることを辞めよう〟と

日頃、娘がお世話になっております。

先生の本を読んで、感じたままを素直に書かせて頂きますので的外れな点など、ご無礼お許し下さい。

私は会社員で五二才（女）です。私一人の収入で、大阪の長男（私立大）と長女（駒澤大）の仕送りをしています。バブルとやらがはじけ、日本経済が不景気であるのは頭の中では理解していましたが、戦後最大の不況だということを実感したのは、去年、長男が就職活動をしてからです。長男は地元長崎にUターンを希望していますが、地元企業の採用は皆無といっても過言ではありません。

それからこれは私のことですが、第一章『憂国』、特に平成不況への途、を読み終えて決めたことがあります。それは〝会社を辞めるのを辞めよう〟ということです。今、私の会社では人員整理のために六、五〇〇名の希望退職者を募っています。四〇～五七歳の一三万五千人を対象に、退職一時金を付けるというものです。二万一千人の削減計画があり、会社の策略に乗せられるのもしゃくだし、この不況下で失業者を一層増大させるだけとは思っても、目の前の退職一時金というエサに、フラフラしていましたが、こんな不安定な時代だからこそしっかり働いていなければと考え直しました。
〝成人式を過ぎた大人に親がいまだ教育費を出すというのは、自然の摂理に反している〟〝青年の自立を促すという観点からも自前の教育が望ましい〟と先生も述べられておられますが、周りの人に言われますのは、そんなにまでして親がする必要があるのか（長崎弁で言いますと、〝そげんまでして勉強せんばと？〟）ということです。この半ば脅迫めいた疑問を抱きながら、必死になって毎月子供達の仕送りをしています。

（T．S．）

（一一）武士の心が消えて

日頃Ｙがお世話になりありがとうございます。

福原先生の『総理に忠告す』大変感動を覚えながら読ませて頂きました。駒大にこの様な情熱をお持ちの先生がいらっしゃることを大変嬉しく思います。

先生は総理に忠告する活動に代表されるように実践、行動力をお持ちであり、また農業で自然との接点をお持ちです。学者の世界は大部分が象牙の塔に代表されるように外部の評価にさらされない特別なものですから、行動があって初めて外部との接点が出来ます。有名な評論家には概ねスポンサーがついていますのでその説には利害、利権が絡んでいます。先生のように自由な立場で主張し行動される大学関係者が増えることが日本の国益をまもり、産、学、政にいい意味の緊張感と活力を与えると思います。

政治の世界に利害はつきものですが、グローバル化の中で日本の国益を守り、日本の良さを残し、世界に通用する新しいモデル作りが今こそ求められています。引き続き先生の行動力に期待します。七八頁の「心の教育」には我が意を得たりの思いです。また先生のお考えの真髄かと考えます。司馬遼太郎は日本は世界でも一級の歴史を持っている―それは武家社会を持ったから―と言っています。そして源頼朝を高く評価しています。先生が志向される高貴な精神は武士の中にあるのと同じではないかと思います。戦後の頽廃と荒廃は戦前まではかろうじて続いていた武士の持つ清廉さがあらゆる所から消えた為ではないでしょうか。それなりの年齢になり古い仲間と昔を語る時、今の自分があるのはと話題にする上司は決して知識のある頭のいい上司ではありません。厳しい中にも愛情を感じた、行動力のあるＳ・Ｉ部長です。怒られながら学んだ基本と志が現在の自分を作る原動力であったと思います。

駒大経済学部のスローガン“Warm Heart & Cool Head”を私の日常生活のモットーに加えようと思います。

最後に先生の熱き心が後々までも学生たちの心に残り続けることを念願します。

（Ｔ．Ｔ．）

（一一）コスモスが咲き乱れて・・・

我が家の狭い庭に、つい先日までコスモスが咲き乱れていました。赤色、白色、ピンク色等、風に揺れ鮮やかな一隅を作り、目を楽しませてくれました。

教授もコスモスに対して、また蛍に対して、愛情を持って接している様子を知り、ロマンチストな人柄を感じました。と、同時に、身近な存在のように思えました。

私の住んでいる町には、地名に蛍のつく地区が今でもあります。現在は、河川改修の為、激減してしまいましたが。

著書の中に、千葉県丸山町、莫越山神社のドブロクの話が載っていましたが、岐阜県の白川村でも毎年、秋の収穫祭が終わると、各地区にある神社で、ドブロク祭りが催され、大勢の観光客で賑わっています。

教授の言われるように、農家の自家消費用ドブロクまで、酒税法で取り締まることはないと私も思います。しかし、発泡ビール税率を上げるような政府に期待するのは、無理でしょうか。

教授の著書の中に、とても引き込まれてしまいました。最初は、本のタイトルを目にした時、肩に力が入る本だろうと思い身構えました。しかし本を読み進むうち、とても暖かさを感じ最後まで、一気に読んでしまいました。

教授の危惧された事は、悲しいことに現実になり、未だに立ち直ることも出来ず、泥沼の底で喘いでいます。橋本総理は、参議院選挙の敗北により、退陣し、小渕、森と総理は代わりましたが、政府及び、中央省庁の官僚の後手後手の政策、場当たり的な政策により、最近でも、協栄生命、千代田生命他、金融機関や大手デパートの破綻に国民の税金が、無駄に使われてゆきます。

私たち弱い立場の人間、国に対し、地方自治体に対して、苦言を言う勇気がなく、又、機会がない人間に代わって、直言される教授の勇気に心から敬意を払います。一方駒澤大学とは、なんと物事を堂々と発表できる大学だろうと感じました。

教授は、経済学者であるだけでなく、教育者として、真剣に考え、又、青少年に深い愛情を示し、農業の現状を憂い、田舎のオジさんであります。教授の本当の姿は、経済学者とは違い私たちの身近にいる、一人の善良な市民であると共に、私たちの代弁者のように思えてきました。

福原教授に子供を預けて良かったと本心から思えます。

福原ゼミナール十訓を十分理解し、実践する人間になり、社会人になった後も、駒澤大学で学んでいたことを誇りにして欲しいと思います。

私も「知性だけではない、理性を一番大切に」との言葉を、深く胸に刻み、今後の人生を、残された体の自由な時間を、季節のかわいい草花に心癒してもらいつつ、子供の母親として、生きて行こうと思います。

本当に福原先生、ありがとうございました。いつまでもお元気でお暮らし下さい。

（K．I．）

（一三）「ドイツが好きな変な先生」

第一章「憂国」を熟読しました。経済オンチの私には難しいことは理解できませんでしたが私なりに福原先生のお考えがわかりました。橋本内閣当時の総理への手紙ということですが総理への手紙一～三を読み終えて日本経済の危機的局面を多方面にわたって、先生がご懸念されていたことがことごとく現実のものになっている現在、福原先生の先見性とそのご慧眼には脱帽いたします。

実は私事ですが私、都内の某音楽大学声楽科を卒業後ドイツへオペラ歌手を目指して留学していたことがあります。ケルンオペラ劇場で研究生として勉強していましたが、志半ばで挫折、その後周囲の方々の影響もありドイツワインの魅力に取り付かれ、プファルツ（ライン）やモーゼルのワイナリーにて栽培と醸造を学び、最終的には州立のワイン学校の講師として勤務し、現在では近江商人の地でささやかな酒類販売の専門学校をつくり、自分も教鞭をとりながら、また大阪でドイツ、フランス、イタリアワインを中心とした輸入商社を経営しております。三〇年近く前の音楽留学時代からワインに移行して以来、欧州へは頻繁に通っておりますす関係から、欧州先進国とわが国との違いなど国際比較を身を持って日々感じている昨今です。福原先生のご意見の中にもドイツ教育システムに関するテーマが取り上げられてありましたが、私もまったく同感です。ドイツの教育の基本的な考え方は「職業教育」にあります。そしてすばらしいのは学校と職場がお互いに協力し合いながら人間教育していくことなのです。例えばワイン屋の息子は特定のワイナリー（大、中、小、規模様々）で研修しながら学校に通うといった具合です。繁忙期のぶどう収穫期約一ヶ月間は研修ワイナリーに缶詰状態で労働し（まるで家族と同じような状況で）農閑期になればまた学校に通いながら必要に応じて実務を現場で体験する、という状況です。ワイナリーでは農作業や醸造作業を通じて現場の実体験から、そしてもちろんその職場の人々から、また家族から様々な人間教育が行われ、そうした環境の中での学校教育は日本の数倍は価値あるものと思われます。それに比べ日本の受験地獄は一体なんなのか！教科書の丸暗記教育で人は育つのか！ ああ！憂国！ 日本の教育は先生方が悪いというより教育システムそのものに問題があります。いや、そのようなことは福原先生は先刻ご承知であることは先生の本を読めばよく理解できます。

全章を通じて福原先生の「人を育てる」ということに対する愛情を強く感じました。駒澤大学経済学部、ウォーム・ハート宣言のご起草を読めばそれが解かります。そして第四章の「田舎の夏休み」小学生への手紙を読めば福原のおじさんの温かい心と子供たちに対する未来への希望が伝わってきます。先生はきっと日頃の農作業の中からこれらのことを実体験されているのでしょうね。机上の空論の先生方が多い昨今、いやこれは日本の現在のシステムに欠陥があるのであって、その環境で育った人々に責任をなすりつけても全く意味がないのかもしれません・・・。やはり政治（人）が変わらないと日本の国は根本的に変化できないでしょう。

第五章「友への手紙」、去来の墓の前での先生のお写真を拝見して、又、日頃の農作業をされているお姿を拝見し、失礼ながらこれは本物だと感じ入りました。大学教授の風貌というより太陽の下で労働する日焼けした筋骨逞しい福原のおじさんが写っています。

そのような先生に子供がお世話になり日頃の先生の人格に触れさせていただいていることに改めて感謝致します。我が家の話題の人「ドイツが好きな変な先生」がもっと身近になりました。ありがとうございます。業務繁忙につき乱筆乱文お許しください。

最後に先生のお言葉を復唱して

「人は貧しくとも不幸にならない、心貧しきことが人を不幸にする」

合掌。

（S．K．）

（一四）「農業オジサン忠告す」

御著書『総理に忠告す』を拝見させていただきました。

経済論的な前半と教育論的な後半という構成の中にヒューマンなエッセイがちりばめられ、全体としては先生の心の温かさ（ウォームハート）を強く感じさせられました。

論文や小説ならともかく、自分の生活や人生観的な内容まで含めて一冊の本としてまとめ、世に出すということは、ある意味では非常に勇気のいることだと思いますが、その勇気は、時の政治や政策、社会風潮等に対して真摯な義憤や改革への強い思いに裏付けられているものと思われました。

私のような一介の素人が申し上げるのも何ですが、読みやすい力作であり他人に読むことを勧めたくなる本だと思います。ただ、余計な話ですが、題名が若干堅すぎる気がします。例えば『農業オジサン忠告す』なんていうのはどうでしょうか。改訂版発行の際にでもご考慮願えれば・・・。

経済対策としての公共投資を福祉や教育にもっと振り向けた方がより効率的であるという主張は正しいと思いますが、需要の減少から潜在的な失業者を大量に抱えている土木業界への配慮、自らの組織の縮小を恐れる建設官僚の思惑、選挙の実働部隊であり、多くの利権がからむ土木業界と政治家の関係等さまざまなしがらみがあって、なかなか有効な経済対策がなされてこなかったというのが現実ではないでしょうか。

先生がご提言された「教育国債」発行による全学生への無利子貸与奨学金の設置は、もし実施されていれば、かなり有効な経済対策になったであろうと考えます。

大学生の子供を抱える私にとっても実に有り難い制度であり、たぶん率先して貸与を受けるであろうし、子供の教育費を大きな負担と感じている全国の多くの父兄が同じように貸与を希望することは容易に想像できます。

そして何より、国債の償還がかなりの効率で確実となることが政策としての大きなメリットであります。

少なくても、地域振興券を発行することに比べれば、より現実的な施策であり効果的であったと考えられます。

さて、愚息が先生の講義を二つ受講しているということで、御著書の教育論的部分につきましての感想は、別に述べさせていただきますが、最後に「真面目の不徳」として先生が書いておられた内容が大いに身につまされたことを付け加えさせていただきます。

「常日頃、大したことでもないのに真面目でしかつめらしい顔をしているのは、私の不徳の致すところだ。大学教員というものは、学生の前では、たとえ困難な難しい問題を抱えていたとしても、生真面目でしかつめらしい顔をしていてはならない。そして、大学の教員も、病院の看護婦さんやデパートの店員さんの、あのにこやかでさわやかな応接態度を見習わなければならないのではないか。」

まさにその通りだと思います。

私は勤め先で、管理職の立場にありますが、こと仕事のことに関しては、真面目でしかつめらしい態度で部下に接しているのではないかと反省いたしました。

管理職は何といっても組織に与えられた仕事を進めていかなくてはなりません。しかし、同時に部下を育てていかなくてはなりません。

今後、先生のおっしゃる「にこやかでさわやかな」態度を可能な限り心がけて部下と接していこうと思います。

愚息が少しでも先生の講義に啓発されて感化されることを望みますとともに、今後ますますの先生のご活躍を期待させていただきます。

（J．N．）

第十二章

同期の
小泉総理へ

（一）小泉総理への手紙　I

総理、私は同期の一人として、貴兄がこの国家の重大事に、自民党を変え、日本を変えようとして総理になられたことを誇りに思う。参院選では国民は、従来型の利権や集票をこととする政治を嫌い、貴兄の率直で誠実な政治姿勢に期待を寄せたものと思う。私も貴兄が、政界や官界に巣くった「たかり的体質」の改革に大ナタを振るってほしいと念願している一人である。

しかし総理、貴兄は「株価に一喜一憂しない」と何度か言っておられるが、私は現在の日本経済のおかれた状況に対する貴兄の認識は明らかに誤っており、楽観的に過ぎると思う。株価のみでなく、日本経済自体既に危機的状況下にある。失業率も史上最悪の五％となっているが、これもまだ序の口であり、貴兄の経済構造改革を進め、不良債権の直接償却を行えば二桁台になることも覚悟しなければならない。総理。現在の日本経済は、病気で言えば自分の力で自律的に回復出来ない、重篤な状態にあると言ってよい。私が橋本総理に忠告申し上げたように（拙著『総理に忠告す』、文芸社刊）九一年バブル崩壊に伴って起こった資産デフレは、九七年、貴兄も内閣の一員であった橋本政権の経済政策の失敗により、日本経済全体を巻き込んだ本格的デフレスパイラルへと陥ってしまった。消費税増税、財政構造改革法成立、特別減税の打ち切りなど橋本政権の一連のデフレ政策によって日本経済は土地の値下がりによる資産デフレに加え、卸売物価も消費者物価も同時に下落する本格的デフレスパイラル軌道を辿り始めた。

現在の日本経済は例えるなら、船腹に穴をあけてしまったタイタニック号と似ている。激しい浸水によって巨船は吃水を下げ始めた。船が浮上する兆候はどこにもない。頼みのアメリカ経済も、私が予告したように、急速な減速局面を迎え、世界経済は最悪のシナリオを歩んでいる。総理。現在の株価は日本経済の危機的状況を正確に認識したものであり、貴兄の「経済構造改革」への不信任を意思表示したものである。「一喜一憂しない」どころではなく、重大な関心を持ってその行く末を見つめていかなければならない。おそらく貴兄が現在のような経済政策をとり続ければ間違いなく、そう遠くない日に日本経済はパニック状態を迎え、小泉政権も国民から見放される時が来る。

総理、船が浸水を始めている時に、船の構造を変えようという船長はいない。貴兄は「構造改革なくして景気回復なし」と言われているが、貴兄の構造改革が経済成長をもたらす保証はどこにもない。むしろ当面のデフレ効果によってマイナスの経済成長をもたらすだけであろう。また経済構造改革は成長経済下でも充分行えるのである。

小泉総理、貴兄が日本経済の総責任者として行わなければならないことは、進行している日本のデフレスパイラルに歯止めをかけ、世界同時不況突入を阻止することである。詳しくは「橋本総理への手紙」Ⅰ、Ⅱ、Ⅲ、Ⅳを同封するのでお読みいただきたいが、私はこの深刻なデフレ状態から抜け出すためには、以下のような政策が有効であると考える。政治的に出来にくいこともあろうが、日本経済回復の筋道としてご考慮たまわりたい。

一．資産デフレの元凶としての地価下落に歯止めを掛けるため、異常な高率の譲渡税をノーマルな状態に戻す。地価は著しく下落しているため、これによる税収の減少は軽微である。

二．デフレスパイラルが橋本政権下の消費税増税に始まったことに鑑み、消費税を物価下落が止まるまで三％に戻す。

三．デフレというのは需要に対する生産過多の状態から生ずることを考え、生産増に結びつかないような、日本人の消費構造の変革をもたらすような内需拡大政策を促進する。例えば従来型の公共事業が不人気なことから、等閑視されている日本の森林保護のための施策、河川や海の浄化のための施策を採用する（たとえば森林保全のための臨時公務員による「緑の防衛隊」の設置等）。また労働基準法の厳格な運用によるサーヴィス労働の禁止及び有給休暇の消化促進。私が橋本総理に提案した、全大学、専門学校学生への無利子貸与奨学金の設置。これは貴兄の言う「米百俵」の精神に完全に合致すると考える。ここでの考え方はあくまで某大臣の主張していたＩＴ産業の振興のような生産要因（そういう意味ではデフレ策）の促進ではなく、国民の将来の福祉や安寧につながるような、即ち国民の豊かで安定した生活（ライフスタイル）を生み出すような政策であることが肝要である。他に種々の内需拡大策を私自身持っているが、ここでは例示にとどめる。

四．国債累計残高が六六六兆円というような、既に返済不可能に見える状態下においては、国債発行を三〇兆円以下に押さえる、あるいはプライマリーバランスを計るという貴兄の考え方は、国の経済の総責任者として当然のことと考える。しかし財政規律を厳格に考えると、当然三．の積極的な内需拡大策は取れないことになる。貴兄は、財政規律を保持した上で、積極財政による内需拡大策を取らなければならないという矛盾した立場に置かれることとなる。そこで私は貴兄に、以下のような、大幅な財政支出を伴わない民間資金活用による内需拡大策を提案する。

五．この方策はすべての経済政策に利用できる訳ではないが、例えば私が橋本総理に提案した、全学生への無利子貸与奨学金を例に取るとこうなる。この場合もし学生二〇〇〇万人に年間三〇〇万円の奨学金を貸し付けるとすると、年間約六兆円の文部省予算が必要となり、新たな国債六兆円を発行しなければならないことになる。（勿論、これは手紙に書いてある通り、実際は国の借金ではなく、学生の国に対する借金であり、普通の国債と違って償還の必要がない）。これは日本の次世代への投資で、貴兄の「米百俵」の精神にも合致すると思われるが、過大な国債残高を抱える現在、すべての国民がこれを納得するとは限らない。そこで、優良な貸し付け先がなくて困っている金融機関に学生向けの教育ローンを設置してもらい、その利子分を国家が奨学金として補填する制度にする。卒業後は有利子とする。もし金利三％なら一、八〇〇億円で六兆円の内需拡大効果がある。二％なら一、二〇〇億円でよい。これは通常の予算の中で（即ちプライマリーバランスを保ちながら）充分出来る施策である。しかもこれは学生をアルバイトから解放し、勉学の時間を増やすのみでなく、学生の自立心も高める。中には遊びに使ってしまうだろうという意見もあるが、私は現代の学生が借金をして遊び回るほど愚かだとは思わない。ほとんどの学生は生活資金を得るために、連日アルバイトに追われている。私は教員として、それが望ましい日本の姿だとは到底思えない。私は「米百俵奨学金制度（仮称）」はデフレスパイラル下のリフレ策として、また日本の将来に対する教育投資として、そして何より困難な時代における国家の再生策として、貴兄の「米百俵」の精神に合致するものと思う。不明な点があれば説明のために官邸に参上する。真剣に御考慮たまわりたい。ご健康を切に祈る。

平成一三年九月三日

駒澤大学経済学部　福原　好喜

（二）小泉総理への手紙　Ⅱ

内閣総理大臣

小泉純一郎殿

総理、突然のお手紙お許し下さい。私は慶應義塾大学経済学部の卒業で総理とは同期であります。総理の就任演説の「米百俵」の話には教育界に身を置く者として、いたく感激致しました。最近の新聞報道では総理は歌舞伎の「米百俵」を観劇され、心より感動された由。私は大学で教鞭をとる者の一人として「米百俵」＝教育投資による国興しを提案したいと思います。これは大学生、専門学校の学生に金融機関からの特別の教育ローン制度（仮称「米百俵」育英奨学金）を作ってもらい、学生の在学中の利子分を国から補填しようとする制度であります。現在不況のため大多数の学生はアルバイトに明け暮れております。又、家庭の方はリストラや賃金切り下げで教育費の重圧にあえいでいるが現状であります。日本は世界的に教育水準の高い国でありますが、このような状態では日本の次世代には優秀な人物は育たないと危惧しております。この「米百俵」奨学制度には次のようなメリットがあります。

一．学生数二〇〇万人として、年間貸し付け額三〇〇万円とした場合、六兆円の内需拡大効果が生ずる。（学生の消費性向は一〇〇％に近い。）

二．優良な貸し付け先のない金融機関にとって願ってもない朗報となる。

三．利子補給方式のため、六兆円の内需拡大効果がありながら、国が必要とする財政資金は金利三％として一、八〇〇億円、二％なら一、二〇〇億円ですむ。（国債発行によらない内需拡大策）

四．親がリストラにあっても子供は勉学を続けられる。

五．貧しい家庭の子供でも進学できる。

六．自分のお金で教育を受けるので、若者に独立心が高まる。

七．親が教育費の重圧から逃れられる。（成人した若者に親が教育費を出すというのはおかしい）

八．若者が学費稼ぎに汲々とせず、アルバイトの時間を自己の向上に向けることができる。

九．若者の勉学時間が増える結果、優秀な人物、人材の輩出に資する。

私は九七年末、同種の提案を橋本元首相にも提案してありますが（別添）、今回の総理への提案は、国債発行ではなく、民間資金活用による教育投資であり、財政規律を重視される総理にとられても十分実行可能な政策かと思われます。私の提案のキーポイントは教育投資によってデフレスパイラルから脱却し、あわせて日本の次世代を伸び伸びした教育環境の中で育てようとする点にあります。御多忙とは存じますが、御一考たまわれば幸甚であります。日本経済のこの困難な時期に、日本の次世代を担う若者への教育投資として総理の「米百俵」の精神に合致するのではないかと信ずる次第です。

長年経済学を学んできた人間として、現下の日本経済の状況を危機感を持って見ております。総理、現在は議論をしている時期ではなく、総理のイニシアチブで有効なデフレ対策を果敢に実行すべき時かと存じます。もしお望みなら治山治水の観点から、臨時公務員による「緑の防衛隊」構想などデフレスパイラル回避の為の対策を提案する用意があります。私は今月二六日、留学のためカナダのブリティッシュコロンビアに出発致します。準備で時間がないため充分意を尽くした文章とはなっておりません。お許し頂きたいと存じます。総理の御健闘を祈ります。

二〇〇一年九月一八日

駒澤大学　経済学部　福原　好喜

《注》

二〇〇一年九月上旬、私はカナダへの留学を目前に控え、残務整理、出発準備に慌ただしい生活を送っていた。しかし出発の前に、どうしても友人として、小泉純一郎総理に経済状況の認識の誤りを忠告しておきたく思い、忠告と励ましのため手紙を書いた（小泉総理への手紙Ⅰ）。しかし総理と親しい間柄のY氏に見せたところ、「小泉内閣が今すぐ実行出来る対策を解りよく書いてほしい」と言われてもう一通の手紙を書いた（これが小泉総理への手紙Ⅱである）。

結局、Y氏経由で、小泉総理のお姉さんを通して御本人に渡っているのは手紙Ⅱの方である。私は現在ではやはり手紙Ⅰの方を届けるべきであったと考えている。後講釈は意味がないが、当時の私の小泉内閣への評価を表すものとしてここに手紙Ⅰ、Ⅱともに公表することにした。なお次の手紙Ⅲはブリスベンより直接首相官邸に送ったものである。

(三) 小泉総理への手紙 Ⅲ

内閣総理大臣

小泉純一郎殿

総理二月四日の新聞で貴兄の施政方針演説を拝見致しました。貴兄は本年を「経済再生の基盤を築く年」として位置付け、「改革なくして成長なし」の方針を堅持、「揺るぎない決意で改革に邁進」するとの決意を表明され、具体的には①「国債発行額三十兆円」を守る、②「平成十六年度には、不良債権問題を正常化」する、③「ペイオフの円滑な実施」を行う、④「小泉構造改革五つの目標」の達成を図る、の四点を約束されています。私は実は貴兄の同期であり、心情的には、貴兄を支持するものであるが、総理、貴兄の経済認識は誤ったものであり、経済対策はまったく時期を取り違えたものであると申し上げざるを得ません。貴兄は「デフレスパイラルを回避する為に細心の注意を払います」と言っておられるが、現状は既に、貴兄の認識と違いデフレスパイラルなのです。この点では一月一日の『読売新聞』の社説、「政策を総動員して恐慌を回避せよ」の基本認識、「物価下落と景気後退が悪循環を繰り返すデフレスパイラルの様相がますます深まりつつある」が正しい認識です。貴兄は株価の動きに「一喜一憂しない」と言っておられるが、株価の一万円割れはマーケットの貴兄の経済政策に対する不信任の意思表示であって「一喜一憂しない」どころではなく、重大な関心を持ってその行く末を見つめなければならないのです。私は貴兄の現状認識は明らかに誤っており、楽観的に過ぎると思う。日本経済は、資産価格の下落が十年以上も続き、物価も消費税の影響を除けば、長期下落傾向にあり、しかも最近その下げ足を速めている。同社説が危惧するように、現在の日本経済は「恐慌が発生するかもしれない、という危機的状況にある」と言ってよい。日本経済は例えるなら、船腹に穴をあけてしまったあのタイタニック号に似ている。失業率は上昇し、名目GDPは三年連続マイナス成長。激しい浸水によって船は吃水を下げ始めた。船が浮上する兆候はどこにもない。頼みのアメリカ経済もピークアウトし、世界同時不況の恐れが深まっている。然るに船長である貴兄が取ろうとしている経済対策はすべてが船の沈下を促進する「デフレーションスパイラル下のデフレ政策」である。

総理、船が浸水をはじめている時に、「船の構造を変えよう」という船長はいない。総理が進めようとしておられる「構造改革」は、経済の平時に行うべきであって、デフレスパイラルがその回転速度を速めようとしている非常時に行うべきではない。患者の処方は患者の病状に即して行うべきであって重篤な患者に筋トレを課す医者はいない。総理、添付の図を見ていただきたいが、私は日本経済は景気循環の局面でいえば、B地点を通り越して既に、C地点にいると考えている。（アメリカ経済はA地点にあり、日米同時不況の始まり）しかもC

日米景気局面イメージ図

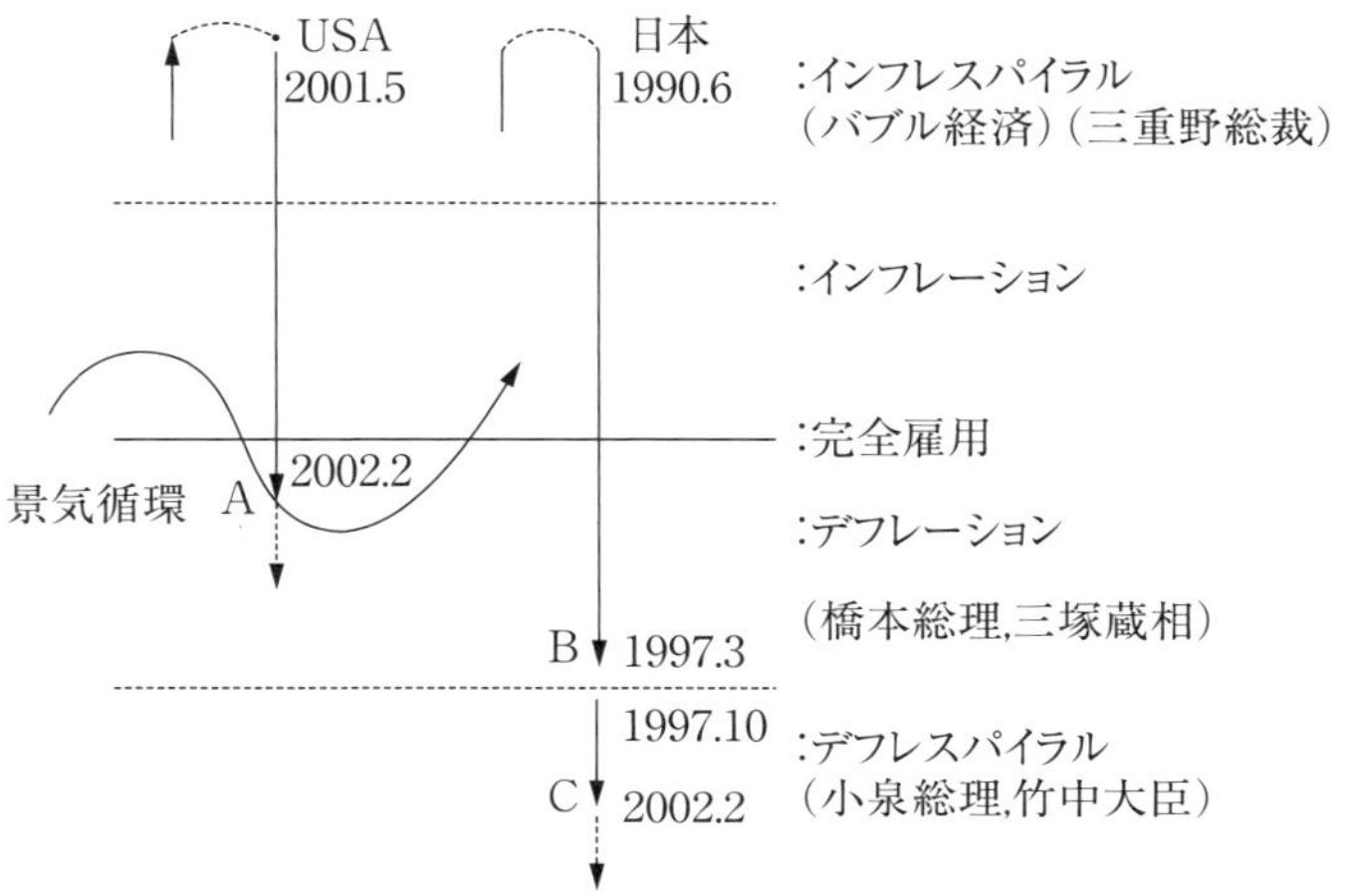

地点で、下降の速度を速めようとしている。我が国がデフレスパイラルに陥った経験は、七十余年前の昭和大恐慌時しかないが、総理と竹中大臣が取ろうとされている経済対策は、当時の浜口首相、井上蔵相が取った経済対策と酷似したものであり、その経済的本質は「デフレスパイラル下のデフレ政策」である。

総理、私は総理の「日本を変えよう」とする真剣な態度に共感するが、しかし貴兄が今実施されようとしている①財政規律の回復、②不良債権処理、③ペイオフ実施、④「構造改革」のいずれもが、経済を下押す作用を持ち、デフレーションスパイラルを一層進めることになる、と考える。困難であろうが国民に「緊急事態」発生をよく説明し、差し当たり、内閣は経済の逆回転を止めることに全力を傾けるべきではないか、友人の一人として心からご忠告申し上げる。小生は貴兄の諸改革は経済の成長局面で十分に行いうるし、またそのときを待つべきであると考えている。国民は、貴兄や竹中大臣の認識とは異なって、企業も個人も、これ以上の痛みには耐えられない。友人として、「橋本内閣と同じ轍を踏むことなかれ」と心から祈る。

平成十四年二月一四日

駒澤大学経済学部　福原　好喜

（在オーストラリア　クィーンズランド大学）

あとがき

この書簡集は、この十数年、私の書いた手紙及び私に寄せられた手紙、メッセージなどをまとめたものである。私にとっては、この十数年私が何をして来たかを示す「歴史的文書」ではあるが、第三者から見れば何ら意味のないものに思えるかも知れない。当初、二〇〇〇年に出した『総理に忠告す―日本経済危機水域に入れり―』に寄せられた学生からのメッセージを本にしようと計画していた。しかしいざ原稿を読み直してみると、それだけでは読者には何のことが書かれているのか、理解出来ないケースがあることに気がついた。本書と『総理に忠告す』が重複した部分を持つのはこうした理由による。

経済学を学ぶ者としての私の目下最大の関心は、この平成大不況の行く末である。私の考えは本書の中にも、一部分、橋本総理への忠告、小泉総理への手紙として収録されているが、彼らの経済政策の失敗、間違いについては別に近著を予定している。（現代図書刊『「銀八先生」総理への忠告―橋本氏の失敗、小泉氏の間違い―』二〇〇三年十月　出版予定）

思えばこの本は多くの人々の手助けによって出来上っている。原稿ワープロ打ちには福原ゼミの三浦和将君、小野理恵さんに大変お世話になった。又表紙とイラストは、絵手紙教室を開いておられる友人の千葉アイ子さんにお願いした。丁度コスモス街道の満開となる時期に、この本が千葉さんの描いた美しいコスモスの表紙をもって出版されることは、著者にとって誠に愉快なことである。

昨年のコスモス街道は、丁度開花寸前に、房総半島を襲った台風二一号の潮風によって全滅した。女々しいと言われるかも知れないが、二〇年育てて来た自分の娘を死なせてしまったかのような悲しみに襲われた。今年のコスモス街道は、千種台中学の生徒さんの協力もあって、道の両サイドにコスモスが咲き乱れる。その時、我家に友人達を招いて、ささやかな「コスモス花見の宴」を持とうと思っている。読者の中で、コスモス街道を見てみたいという人がおられれば来て頂きたい。そして、田舎の我家にも是非寄って頂きたい。今年のコスモス街道は富浦駅より山寄りに三キロ、富浦町大津の城山、宮本城趾の麓の田舎道である。この本が、読者にとって、今は忘れ去られた、昔の田舎や、心の故郷を想い返すよすがにでもなれば幸いである。

少年の日　君と語りし　夕焼けの
　コスモスの里　美しかりき

二〇〇三年　九月三日　　福原　好喜

著者プロフィール

福原　好喜（ふくはら　よしのぶ）

千葉県富浦町に在住。地元では農民教授として知られている。富浦町は「枇杷の里、日本一」であるが、その中でも福原農園は「幻の枇杷」、瑞穂の生産で町No.1。福原農園の瑞穂は一個が100g以上の巨大果で、味、香り、共に枇杷の王者。駒沢大学では「熱血先生」として知られ、金八先生の異名を持つ。経済学史を担当。テニス歴25年。年代別で日本一を目指す。著書に文芸社刊『総理に忠告す』。経済学者として、年間8,000人を越える「中年男性の自殺」に心痛。

「銀八先生」心の手紙　―小学生の花奈ちゃんから小泉総理まで―

2003年10月15日　第1刷発行
2008年11月30日　第4刷発行

著　者　福原　好喜
発行者　米本　守
発行所　株式会社　日本文学館
〒104-0061　東京都新宿区三栄町3
電話 03-4560-9700（販売）　FAX 03-4560-9701
order@nihonbungakukan.co.jp
印刷所　株式会社　晃陽社

ISBN978-4-7765-0083-4